我见青山

◎赵连伟 著

时代文艺出版社

图书在版编目（CIP）数据

我见青山 / 赵连伟著. —长春：时代文艺出版社，2020.5（2021.3重印）

ISBN 978-7-5387-6376-8

Ⅰ.①我… Ⅱ.①赵… Ⅲ.①散文集-中国-当代 Ⅳ.①I267

中国版本图书馆CIP数据核字（2020）第056737号

出品人　陈　琛
责任编辑　李贺来
封面插画　冰　彩
装帧设计　任　奕
排版制作　任　奕

本书著作权、版式和装帧设计受国际版权公约和中华人民共和国著作权法保护
本书所有文字、图片和示意图等专有使用权为时代文艺出版社所有
未事先获得时代文艺出版社许可
本书的任何部分不得以图表、电子、影印、缩拍、录音和其他任何手段
进行复制和转载，违者必究

我见青山

赵连伟　著

出版发行 / 时代文艺出版社
地址 / 长春市福祉大路5788号　龙腾国际大厦A座15层　邮编 / 130118
总编办 / 0431-81629751　发行部 / 0431-81629755
官方微博 / weibo.com / tlapress　天猫旗舰店 / sdwycbsgf.tmall.com
印刷 / 三河市嵩川印刷有限公司
开本 / 660mm×940mm　1 / 16　字数 / 150千字　印张 / 14
版次 / 2020年5月第1版　印次 / 2021年3月第2次印刷　定价 / 45.00元

图书如有印装错误　请寄印厂调换

目 录
Contents

第一辑 军 旅

003　再上井冈山寻初心
007　那尔轰,永远的抗联老家
019　紧急集合
022　零点哨
024　老兵的战歌
029　向老兵致敬
033　方阵
040　梦里回营

第二辑 域 外

047　科伦坡——微笑之城

050　在斯里兰卡感悟和平之盾
052　缅甸的云
056　一封芬兰航空公司的来信
060　一切顺利

第三辑　亲　情

065　重回村庄
070　那群稻草垛
076　燕事
080　捕鱼记趣
087　致母校的一封信
090　这里盛产友情
097　院中风景
102　留恋那课堂
105　老鄢饺子
109　探视
114　奶奶的怀抱

第四辑　世　相

127　"控"时代
130　面具
133　淘宝

136　当出书人遇到了交警

139　孤冷的地铁温暖的群

142　静夜微思

148　体检有得

152　演戏

154　娱乐的"艺术"

156　城里城外

161　城里树

166　爱情课

第五辑　山　河

171　十五道沟和十四道沟

177　白山六月天

180　远去的狐狸

188　微信中的风景

191　别错过

194　桥畔风景

200　西北印象

第一辑

军 旅

再上井冈山寻初心

绿色·红色

来到井冈山,充盈眼帘的主色调是"绿"。五百里井冈是个绿色的海洋,森林覆盖率达百分之八十以上,绿色整天环绕在周身,仿佛随手一抓,就能攥出一把绿来。万木参天常仰望,无边绿海一身藏。一进入井冈,呼吸一下子变得舒畅极了,心肺的通透敞亮感染着心胸从没有过的豁达。那青青的翠竹,一簇簇一片片,绿得高洁,绿得盎然,绿出了如火绚烂的激情;那高大的杉树,一棵棵一行行,绿得挺拔,绿得高傲;那巨大如盖的樟树,绿出了岁月,绿出了沧桑。这些种类繁多、生机盎然的绿树和花花草草们一起,同为今天幸福的井冈山人民,绿出了生态,绿出了惬意,绿出了阴凉，更绿出了健康、和谐和希望。然而，世界上再也不会找出第二个地方，将红色赋予并诠释了那么深刻浓烈而深情久远的内涵。

那飘扬至今的一面面鲜艳的红旗，象征着我们的党、我们的民族、我们的人民军队，历经千难万险，付出巨大的牺牲，终于找到了一条真正属于我们自己的主义和道路。

红色摇篮，红色圣地，印证着当年的星星之火，已成就了民族解放和伟大复兴的燎原之势。红色记忆，红色故事，红色血脉，在这个"精神氧吧"里被一遍遍讲述、一遍遍重温，不断地传承给后人，启迪激励后人，作为照亮前路的灯、把准航向的舵。丰碑就是丰碑，丰碑终将永恒。

井冈山人民把杜鹃花选定为市花，因为只有这漫山遍野的红杜鹃，才能代表井冈山人民曾经的浴血悲壮，才能代表今日浴火重生的井冈山人民，欣欣向荣、红红火火的美好生活。

鸟声·歌声

住井冈山的第一个清晨，我是被群鸟的晨鸣声叫醒的。那清脆悦耳的声音，是我从没有听到过的世间天籁。我兴奋地从床上弹起来，迅速打开窗户，静静地听它们歌唱……群山皆睡尔先醒，天籁啁啾万物听。鸟儿们你一声我一曲，有高音有低音，有长音有短音，一会儿独鸣，一会儿对唱，一会儿交响，似正在举行一场筹备已久的天籁之声音乐会，包括我们在内的所有万物，都成了它们最忠实、最享受的听众，那声音仿佛来自天外的精灵，美妙绝伦，令人陶醉，顿生超然物外之感。

稍有遗憾的是，这天籁之音我学不会，带不走，只好把这世间最美妙空灵的声音珍藏在自己的记忆里吧。

歌以咏情，听井冈山的歌声，却是别样的风景，另一种情感。

同样的一首红歌，在家里唱卡拉OK，你只是在唱，在炫技，而在这里听，在这里唱，你找到了归宿和原乡，对歌的理解把握不由自主地产生了化学反应。《红星照我去战斗》《毛委员和我们在一起》《苏区干部好作风》《映山红》……特别是那首家喻户晓的《十送红军》，只有来到了井冈山，你才算初步理解了《十送红军》里，深含着多少的生死离别，多少的一生守望……

上山·下山

井冈山是革命的山、战斗的山，也是英雄的山、光荣的山。

井冈山之行，每个人都会拉直或带走自己思想和心灵深处或大或小的问号：什么才是更崇高、更伟大的信仰？星星之火可否燎原？世界上有没有让人痴心向往、来了又心怀感动、心胸畅达的地方？究竟什么样的人生才更有价值和意义？什么样的人才是真正大写的人……

毫无疑问，每个人来到井冈山，都会收获感动，引发诸多思考。

来此人人受感动，下山才验笃和行。相比于上井冈山，下井冈山，离开了井冈山，以什么样的新姿前行，才是上井冈山的真正目的和意义所在。回望历史，才能更好地面向未来；总结来路，才能走好前路。心灵需要滋养，人生要有信仰，初心需要牢记，梦想就在前方。

离开井冈山,每个人都有自己的感慨,都想以自己的方式抒发情感、表达所思所想,尽量记录下那段划破历史时空已成为永恒的峥嵘岁月。我也想用一首《临江仙·井冈山》,激励自己,不停思索,不断前行:

三山五岳多游遍,何如此处风光。南瓜红米饭生香。
旧时碑尚在,追忆泪流凉。
唱起红歌迎战友,依依青影成行。人间浩气要宏扬。
上山为觅路,大步向前方。

那尔轰，永远的抗联老家

那尔轰镇位于长白山腹地、吉林省靖宇县（原濛江县）东北部。其名源于满语"鄂尔珲"的译音，意为"细"。境内的那尔轰岭和那尔轰河意为"长长的岭，细细的河"。这里土地肥沃，气候湿润，靠近松花江，是典型的鱼米之乡。二十世纪三四十年代，中国共产党领导的东北抗日联军在中国东北战场，与日本侵略者展开了艰苦卓绝、气壮山河的英勇斗争。而那尔轰，是杨靖宇将军领导南满抗日武装斗争的核心地区之一，抗联在这里坚持对日斗争达七年之久，虽然没有坚持到抗战的最后胜利，但它仍以"红区""抗联的老家"闻名中外。

今天，当我怀着无比崇敬的心情，置身于那尔轰这片抗联英雄的故里，内心的震撼远远超出了想象。那尔轰的山山水水，寄寓着胼手胝足人们的愿景与希冀，也烙印着一个时代的欢乐与忧伤。回想当年民族危亡之秋，一大批优秀中华儿女，前赴后继，在那尔轰的山水间，用生命和鲜血谱写了抗击日伪、浴血奋战、忠贞报国的壮丽史诗！他们的爱国情操和必胜信念，锻造了伟大的抗联精神。这种精神，虽经岁月流转，却历久弥新。

那尔轰抗日游击根据地

抗联之所以在那尔轰地区创建抗日游击根据地，得益于这里得天独厚的条件。首先，有物资条件。那尔轰东北岔村地处濛江、抚松、桦甸三县交界，东临头道松花江和二道松花江汇合处"两江口"。这里木帮云集，土地肥沃，盛产砂金，特产富饶，形成了与世隔绝的"自给自足经济"，堪称"鱼米之乡"。其次，有社会基础。那尔轰地区的人们民族意识浓厚，有强烈的反抗外来侵略精神。清末抗俄名将刘永和曾经在此遭沙俄包围，被当地居民营救；"九·一八"事变之后，东北自发的群众性抗日斗争走向低潮，南满地区的"红枪会""大刀会"成员匿身于此；唐聚伍的辽宁民众义勇军散兵也有不少都留居此地谋生。再次，就是有地域优势。日本帝国主义侵占东北之初，兵力不足，根基不稳，只占领了一些交通较为便利的重要城镇。那尔轰地处三县交界，沟壑纵横，人烟稀少，交通闭塞，原始森林浩瀚无边，敌人统治力量相对薄弱，适宜抗联战士藏身和游击作战。

1932年，磐石中心县委根据省委指示，开始不定期派工作队到那尔轰地区开辟工作，设立了革命宣传品印刷所、联络站等秘密工作机构，在群众中颇有影响。

1933年10月，东北人民革命军第一军独立师南下辉发江（今称辉发河）后，来到白浆河木场休整队伍。为救治伤员，独立师政治部主任宋铁岩、三团团长曹国安将西北岔药铺民医孙绍坤请到部队救治伤员，并将其发展为地下工作人员。在地下党负责人崔炳翰、冯志的指导下，做通了那尔轰地区董事孙万贵的思想工作。1933年11月，民众自卫武装联庄会五十余人集体加入人民革命军南满游击大队。

1934年1月下旬，根据形势发展的需要，以那尔轰为中心的江南地区党组织——中国共产党江南特别支部正式成立，特支书记李海涛，组织委员朴英子（女），武装委员白生远，交通联络老权，确立以建设那尔轰抗日游击根据地为主要工作目标，组织成立了地方群众武装南满游击大队濛江农民自卫队、金川石道河子农民赤卫队和抚松农民反日会，形成了游击队和地方群众武装相结合的军事斗争体系。

1934年初，那尔轰地区农民反日会成立，选举孙万贵为会长。反日会活动范围很大——在南北长二百余里，东西宽九十余里，纵横约一千九百平方公里差不多大半个濛江的地方，都建立起农民反日会组织，发展成抗日游击区。1935年8月17日，中共南满特委在金川河里地区召开南满地区民众代表会议，成立南满特区人民革命政府筹备委员会。那尔轰反日代表在会后成立了那尔轰地区抗日政权——同心乡人民革命政府，乡政府主任由反日会会长白生远兼任。这标志着那尔轰抗日游击根据地基本形成。这是杨靖宇将军从磐石县挥兵南下，进入长白山林区创建的第一个抗日游击根据地，是抗联第一路军赖以生存和发展的最重要的密营基地之一！

抗联第一、二军会师

东北抗联史上最伟大的历史事件——东北人民革命军第一军和第二军胜利会师,地点就在那尔轰。

1935年8月,东北人民革命军第二军政治部主任李学忠根据中共东满特委和二军军长王德泰的指示,亲率第二连和第三连共一百五十一人,于9月初到达那尔轰,和先到达的南满人民革命军第一军二师八团之一部李永浩部队会合。在当地反日会的领导下,9月3日,一场由两千多人参加的军民联欢会顺利举行。二军政治部主任李学忠和一军二师八团负责人分别在大会上讲了话。当地群众送面、杀猪、杀牛,预备大餐,热情款待东满子弟兵。10月4日,这两支队伍在距离那尔轰约十华里的老龙岗西坡于家沟农民于会军家正式举行会晤,杨靖宇做了重要讲话。据1935年10月6日《人民革命报》号外报道,杨靖宇讲话的大意是,我人民革命军向以抗日救国为天职,四年来与日匪血战,屡获胜利。今日得以与东满二军会师,更为光荣。因我两军战士,均奋勇冲锋,方有今日两军之会晤。此后,我东满、南满游击区打成一片,一、二、三、四、五、六军与各抗日军,共同组织东北抗日联合军,更能集中力量,统一领导,顺利地打击日匪。

那尔轰会师加强了一、二军的联系,打破了延边游击区和东边道游击区相互隔绝的状态,开创了党领导的抗日武装相互联络、相互配合、相互学习的崭新局面,鼓舞了广大人民群众的抗日斗志,打击了日伪的反动统治,为东北抗日联军第一路军的组成奠定了基础。

根据地武装斗争

那尔轰根据地建立后，南满游击大队和濛江农民自卫队以那尔轰为依托，寻找战机，歼灭日伪满军。

一次，游击大队攻打桦甸县红石镇。事前通过关系转告会全栈伪满军不要增援。伪连长表面应承，暗地却把援兵派到红石，连部只留十八人。农民自卫队探知此情后，立即报告给游击大队长苏剑飞。游击大队包抄会全栈，端了伪连部老窝，打死伪军三名，伤十余名。

1935年春季，农民自卫队探知日本指导官建大尉部"讨伐队"七十余人在濛江县马架子附近活动。苏剑飞设计派侦察人员诈降，将"讨伐队"引至桦甸县老林河岗南围歼。当场打死日本指导官一人，打伤伪满军十二人，余皆狼狈逃走，缴获米面罐头物品无数。

在那尔轰镇东北二十六公里、那尔轰河上游有一座桥，是在当年的那尔轰二号桥遗址上改建。桥北一公里是靖宇与桦甸的交界线，桥南是一片密林。抗联史上的"二号桥战斗"就发生在这里。1936年冬，一股伪满军宿营在二号桥附近。杨靖宇派侦察员探悉这一情况后，遂率部于夜深人静时，穿过林海，跨过雪原，悄然包围了敌军宿营地。隐藏在树下的伪满军哨兵有所察觉，拔腿就逃，被我抗联战士当场击毙。抗联部队接着收缩包围圈，向敌人猛烈开火，敌人死伤数十名。

1938年11月，第一方面军指挥曹亚范率部在濛江县那尔轰蒿子湖打了一场漂亮的夜袭战。当时，日本守备队一个中队和伪满军二百多人，抓了一百余名背给养的老百姓，由那尔轰出发，欲追剿抗联。追了一整天，天黑时"蹓子"不见了，于是蹚着大雪来到蒿子湖宿营。半夜，曹亚范率领部队包围了日本守备队的四个帐篷，抗联战士反穿棉衣棉裤，在雪地上埋伏好。凌晨，向敌发起进攻。经过一个多小时的激烈战斗，击毙日伪军五六十人，俘敌十多人。

在靖宇县与桦甸县交界处的二道松花江上游的白山发电厂，是东北地区最大的发电厂。在它周围，曾发生过柳树河子之战、奇袭红石砬子战斗、火烧木其河老集团之战、五打会全栈、三战夹皮沟、老恶河伏击战等著名战斗。

日伪当局对那尔轰根据地军民极度恐慌和仇视，视其为"红胡子区""匪巢"，不断从桦甸、濛江派遣特务到根据地内搜集情报，刺探军情、民情，伺机破坏，与抗联争夺根据地。

1934年秋，伪濛江县公署警务科特务支队长浅野策反那尔轰的民族败类王爱秋，于8月5日子夜乘农民自卫队外出执行任务、村内空虚之机，抓捕了孙万贵等六人。拂晓，在长发沟口将孙万贵及其弟弟孙万奎、儿子孙贞、孙绵四人杀害，企图达到破坏抗日根据地的目的。

同年9月28日，伪濛江县公署日本参事官本田谦三同县警察大队长桑文海，带一个中队兵力开进那尔轰，建立伪村公所和警察署政权，指派阎久令任保董，徐彦生代理警察署长，孙德仲任治安中队长，驻防那尔轰。同时，调民工建营房、修炮楼，筹备"集家并屯"。伪治安队驻防不到二十天，苏剑飞率农民自卫队返回村北，先派韩成一逐户号房子，佯称你家住×中队，他家住×中队……再派村民孔昭玉告知治安队说："可不好了，抗联来了四百多人，把整个山沟都占满了。"孙德仲胆战心惊不战而逃。那尔轰未费一枪一弹又回到抗日军民手中。

那尔轰密营

1936年10月至1937年3月，日伪当局派重兵进行了长达半年之久的"东边道独立大讨伐"。与此同时，随着敌人"集家并屯"政策在东边道地区普遍推行，抗联同人民群众的联系被割断，抗联的游击根据地逐渐丧失，被迫在原始森林中同敌人周旋，粮食、衣物、弹药的补给日益困难。

为改变这种困难局面，做好冬季反"讨伐"斗争的物资准备，杨靖宇指挥第一路军各部队在各自的游击区域内，选择深山里地势险峻、人迹罕至、林木繁茂的地方修建密营。现在我们看到的那尔轰密营，就是在当年的严峻形势下应运而生的。

1933年11月至1935年9月，抗联基本公开活动在群众之中，所建密营，仅限于医疗所、修械所两类。1938年底，密营种类又增加了营地、粮仓、被服厂、联络点、印刷所等五种。密营建好后，由后方部队加以保护。这些后方部队一般与群众都有密切联系，有些抗联的堡垒户直接担任密营的保卫和伤员养护、物资保管供应工作。在密营附近村屯设有交通联络员和联络点，专门配合部队工作，负责物资筹集和通信联络。密营的留守人员也利用有利时机截获敌人的各种情报和物资，人民群众也以各种方式支持抗联。进入密营斗争时期抗联的物质资源较为丰富。由于密营具有小型分散、隐蔽性强等特点，成为抗联储存物资、沟通信息、联系群众、解决部队宿营的重要基地。部队可以在密营内进行军事训练、政治学习等活动，更好地掩护了自己，减少了一些不必要的伤亡，也为抗联主动出击、杀伤日伪军有生力量，提供了隐蔽的作战条件。由于这一灵活机动的隐蔽对敌斗争方式，当日伪当局展开大规模讨伐时，往往找不到抗联的踪迹；即使被敌人找到一处密营，也可以在给予敌人一定的杀伤和物资耗损后主动甩掉敌人，转移到另一处密营去休整。由于避敌锋芒，以密营的方式开展对敌斗争使抗联安全度过了1936年冬和1937年春季，挫败了日伪军"分进合击、彻底消灭抗联"的罪恶企图。即使是在1939年冬那样最艰苦的岁月，这些密营仍然坚持斗争。

由于密营网的建立，抗联在濛江的活动较之以前不是削弱了，而是加强了，活动范围不仅没缩小，反而扩大了，因此成为日伪当局的重点讨伐区。

抗联在密营和联络点上布有小部队，任务是保卫密营和联络点的安全，并负责筹集给养供应作战部队。在濛江县白浆河、花园口子活动的常驻小部队有"周参谋"部、"李连长"部。他们与当地群众有密切联系，并通过"在家里"关系与花园伪警察署长徐相武挂上钩，常有来往。徐以"警察署长"之便为抗联供应子弹和给养。1939年夏，驻濛江县的伪军五团特务腿子"刘大布衫子"向县"警察署"告发徐相武通匪，徐被解职带到濛江县"警署"关押半年，因无证据，加之日本警长明海为其担保，才幸免一死。

在密营附近村屯，抗联都设有地方工作员和联络员，配合小部队筹措粮食物资，保护营地，传递情报。根据地内的群众不但协助部队保卫密营、养护伤病员，还帮助部队运输物资。如那尔轰双沟子被服厂居民李玉发、黄美玉负责保卫和物资供应，坚持数年，始终未暴露。汤河口农民孟占武利用放木排之机，给抗联密营运送粮食、胶鞋及其他物资。他将粮食物资藏在木排中间，由汤河口经青江岗一直放到那尔轰两江口处，事先联系好的抗联后方小部队将木排截住，假借搜查将东西取走。两江口密营在群众的支持下，一直坚持到1941年春全光（抗联一路军军需部长）叛变。

那尔轰木帮

木帮是那尔轰地区从事伐木作业的劳动组织，由木把头和工人组成。

早在那尔轰抗日游击根据地创建之前，中共满洲省委在那尔轰地区就有革命活动。1930年巡视员德森在给省委的报告中曾指出："可以从吉林团支部派人到濛江区做森林工人的工作。"这说明满洲省委已经认识到木帮是不可忽视的一支抗日力量。东北人民革命军第一路军独立师南下辉发江后，选择的第一个落脚点就是濛江县白浆河木场。当时白浆河附近有大小木帮十八个。由于地下党卓有成效的工作，数千名木工热烈欢迎人民革命军抗日将士。把头们主动赠送米、面、肉等食品。本地木把邵庆林帮，一次拿出肥猪五头、白面二十袋，慰问杨靖宇和他的部队，支持抗联在此地和其他十六支抗日军队召开的抗日联合大会；一无所有的木帮工人主动倒热炕头，热心教战士们搭地炝子，搭火炉，主动参加伤员护理，送信侦察。从此，木帮成为抗联最亲密的盟友和后备军。抗联不但积极向木帮们进行反满抗日救国宣传和教育，而且一旦知道木帮的难处，也鼎力相助。

当时，濛江一带土匪很多。一到冬季，木帮云集，土匪也跟脚而来，敲诈勒索，无恶不作——轻者抢钱、绑票，重则杀人放火，血洗一空。为此，人民革命军独立师参与保护木帮的活动，在沿那尔轰河口到批洲口子、大崴子和仁义砬子，长达一百二十多里的水陆地面上设卡保护，大大震慑了周围土匪，使之不敢轻易骚扰。木帮爱抗联，抗联护木帮——在联合抗日的战场上，他们结下了生死情谊。

进入密营时期，木帮对抗联在林区作战和驻营的支援更为重要。觉悟的木帮利用带晌午饭的机会，每人每天多揣两个大饼子到山上，凑到一块送给抗联战士吃；有时在山上见到抗联队伍被敌人追击，就利用踩"蹓子"的方法迷惑敌人，解救抗联战士；有的把棉衣让给抗联战士穿；有的木场特意把木头垛垛在暖泉上，中间留有空隙，把抗联伤病员隐藏在里面——1940年2月，在杨靖宇身边仅剩十二名战士的危险时刻，他们曾经将杨靖宇及其战友隐藏其中，每天带些大饼子给他们吃，使杨靖宇一时避过敌人的追踪。后来，因外出联络的战士遭到追击暴露驻地，才不得已而离开；有的木帮在抗联攻打木场时故意打马赶牛，暴露粮仓、马厩等目标，暗中协助抗联的活动；还有的木帮遇到抗联后，故意将木场的大牛、骡马扔在山上，给抗联缴获提供方便，然后再虚张声势地去寻找，用以欺骗日伪当局。

事实说明，木帮是抗联的天然盟友，在抗日战争中曾给予抗联重要的支持，是抗联后期兵员补充和给养补充的重要来源之一。

薪火相传再出发

一访那尔轰、再访那尔轰……每次都被抗联精神打动。尽管心里要忍受将国难伤疤撕开的剧痛，但是为了教育后人不忘国耻，珍存抗联留下的宝贵财富，我没有放弃自己的采访之旅。每次离开那尔轰，我都有一份思绪留在那里，感慨万千，荡气回肠。

我一直在想，那尔轰这片土地上，当年曾发生了多少感天地、泣鬼神的故事，有待我们去挖掘、还原；有多少没有留下姓名的英烈，等待着我们立起一块哪怕无名的丰碑。如果英烈们知道如今的那尔轰人民已经过上了好日子，他们奋勇搏杀过的战场、他们胜利会师过的地方、他们抗寒斗雪的密营，已逐步得到勘定和修复，抗联那尔轰纪念馆已建成并对外开放，那尔轰抗联遗址纪念园建设已全面启动……他们的在天之灵，一定会无比欣慰！

我总在想，那尔轰的精神在哪里？它就在当年抗联军民同仇敌忾、殊死抗击日本侵略者及汉奸走狗，用鲜血染红的这片大地上。在生与死、血与火的磨砺中熔铸的抗联精神，已经与这里的白山黑水融为一体，彪炳史册，代代相传。

那尔轰的魅力在哪里？它在蜿蜒静谧的松花江两岸，在茂密幽深的长白山森林，在绚烂多姿的四季风光里，在淳朴厚重的乡风里，更在抗联英烈们留下的无比宝贵的红色基因里。

那尔轰的希望在哪里？它就在今天那尔轰人矢志脱贫，撸起袖子加油干的豪情壮志里，在勤劳朴实的那尔轰人民的双手里。

且看今天的那尔轰，在镇党委、镇政府强有力的领导下，在靖宇县杨靖宇精神研究会会长马继民、秘书长李立斌等的具体指导下,正以百倍的信心,全面吹响脱贫攻坚战的号角。

他们坚持脱贫与提质同步谋划。民族解放、实现温饱,曾是那尔轰先辈们浴血奋战的目标。如今,那尔轰人已不再满足于吃饱穿暖,他们要努力让自己过上有品质的生活,建设幸福美丽新农村。

他们坚持"红色"与"绿色"协调开发。将得天独厚的生态旅游资源,与蒿子湖密营、那尔轰南满抗日根据地、会师遗址、黄酒馆村红色记忆等红色抗联文化旅游资源有机结合,传承红色基因,弘扬抗联精神,用红色文化带动绿色生态产业发展,让沉睡的红色资源醒起来,让天然的绿色名片响起来,让那尔轰百姓富起来。

他们坚持自力与借力形成合力。他们深深地懂得,幸福是奋斗出来的。同时,善于借船出海,借鸡生蛋,搭乘"建设吉林省东部绿色转型发展先行区和国家生态文明建设示范区""全国青少年长白山革命传统教育基地"的大船,用好各项优惠政策,齐心协力,埋头苦干,为建设美丽富庶的那尔轰不懈奋斗。

只要去过那尔轰,你一定会发出赞叹:那尔轰真美,那尔轰的红色故事真多,那尔轰的明天会更好……

是的,一定会更加美好!从"鲲鹏击浪从兹始"到"扶摇直上九万里",我们中华民族正在实现伟大复兴,而这一切,抗联英雄们功不可没!

白山黑水间的抗联英烈永垂不朽!

紧 急 集 合

1985年初秋,我们一百二十名高中毕业生从全国各地会聚南京炮兵学院,开启了人生的军旅生涯。

来到学院,迎接我们的有学院厚重辉煌的历史传统,有严格的三大条令,有盛夏余威"火炉"般的桑拿天……这些和许多同学事先编织的美好梦想大相径庭,有的同学曾经彷徨、苦闷、纠结,但最终都选择了改变、坚持、淬砺和成长,准备用自己的青春去迎接各种难关和考验。

紧急集合对于我们这些青年学员来说,当时就是一道十分发怵、令人头疼的难关。"今夜,你会不会来?"这不是歌词,而是我们新学员心头真真实实的疑问,因为紧急集合总是打破你的梦乡,让大家的神经一直处于紧张状态。关键是队领导紧急集合的哨声和口令,不知何时奏响,不知来自何方,不知是短是长。你判断不准，再加之每次集合过程的慌乱窘态，便令人心生不可名状的恐惧感。刚入学那段时间，每到夜间，为应对紧急集合，同学们常常坐卧不宁——有的同学不睡觉，衣服也不脱，背包打好也不拆，躺在床上等着。然而，不管你如何准备，当黑夜里一阵短促的哨声将你从睡梦中惊醒，总要紧张地经历这样几步曲：先是宿舍里床上床下的手忙脚乱，紧接着走廊里的丁零当啷，拉动路上的狼狈不堪，最后是集合点验时的丢三落四……

那年11月的一个凌晨，又是紧急集合的哨声和口号声将同学们唤醒。这次中队干部催促得很急，边吹哨边喊："紧急集合！"一阵紧张慌乱后，楼前各区队迅速整队报告完毕，队领导简短动员——此次是学院组织的，本已十分紧张的气氛又浓重了几分。全队按学院要求，迅速摸黑跑步带到学院小礼堂前广场。我们十八中队在学院最南端，学院集合场在最北端，这段路有一公里远。各中队陆续带到后，学院开始组织逐队逐人点验。队伍刚稳当下来，我听到前面"扑通"一声，似乎有人摔倒，"怎么了？""怎么了？"……紧接着是一阵小声的嘀咕和骚动。

很快同学们就知道了，是一班同学周斌昏倒了。学院、中队赶紧将他送到医院救治。

中队带回的路上，队伍没有了口号和歌声，同学们都为周斌担心，耷拉着脑袋往回走，情绪都很低落。

早上起床后集合，大家急切地相互打听，很快得知事情真相：原来凌晨紧急集合时，周斌从宿舍楼冲出来，他们一班的集合点在最前面，他要从单杠器械场地穿过；由于没有灯光，黑暗中不小心，他的皮肤被固定单杠的斜拉线划破了，他咬牙强忍着疼痛，没有向队领导报告，也没有告诉身边同学，为了不拖中队的后腿，一直坚持到学院的集合场。白天，有细心的同学发现，从中队的集合场一直到一公里外的学院集合场他昏倒的地方，都有他身上滴下的血迹……

鉴于他的突出表现，中队报请大队批准，给他荣记三等功一次，他无疑是全校新学员入学后首位立功者。

我和周斌虽不在一个班，由于一起负责中队俱乐部工作，平时接触多一些。他是湖南长沙人，身上有股子湖湘子弟的血性，做事雷厉风行，敢说敢干，重情重义。那次紧急集合，他以坚韧的毅力，让我们进一步感受到了他的血性，也令全校上下对我们这批地方新生刮目相看。

他入院一段时间后，我买了点儿麦乳精去看望他。他对我说，当时缝了五针，现在都拆线了，完全长好了，告诉我们不用担心了。我回来后，把周斌康复的消息告诉身边的同学，大家都为他高兴，更为他骄傲。

四年火热的军校生活，令我们这群热血青年，尝到了酸甜苦辣，锻造出了军人模样，更深深地体悟和收获到了战友情谊。转眼间到了毕业季，如同出飞的雄鹰，尽管依依不舍，我们也必须离开母校的怀抱，飞赴远方。

后来，同学们偶有相聚，总会笑谈起军校故事，当然也少不了那次紧急集合的话题。同学们不约而同地有个梦想，期待老队长能再次吹响"紧急集合"哨，我们从四面八方闻令集结到南京汤山脚下，重回母校，畅叙师生情、同学情、战友情、家国情。

零 点 哨

说到零点哨，当过兵的人都知道。它是部队的一个好传统，指大年三十晚上，各级干部们排班站岗，将战士们都替换下来，让他们守岁看春晚、和家人打个拜年电话。

这个传统源自于我军官兵一致的原则，肇始于二十世纪五十年代。当时，全军开展了一个著名的活动，叫"将军下连当兵"，形成了一个不成文的规定，节假日的岗哨都由干部来站。这个传统从那时起，不断发扬光大，一直传承至今。

1989年我从军校毕业后，分配到了原48师炮兵团，该团是原沈阳军区基层建设标兵团，干部有干部的样，战士有战士的样。老团长温继诚、当时的团长龚继成都曾是全军的先进典型。怎样做才是一位称职的领导？军旅生涯中那些老炮团人身上的一言一行对我影响至深，特别是龚团长每年春节都替战士站零点哨的情形，烙印极深，深深地感染着我。

从那时起，在我的心里一直埋藏着一个小心愿。

时光飞逝，转眼间到了2013年，曾经是个青涩军校毕业生的我已走上旅政委的岗位，当年春节正好轮到我值大年三十的班，我早早地就和负责战备值班的旅张参谋长商量，今年除夕一定给我排个零点哨。

大年三十那天下午我安排好工作，晚上参加完会餐，一切准备就绪……

快到夜里十一点了，我着装整齐，终于站到了那个我神往已久的哨位。

此时此刻，站在这个特殊的哨位上，伴随着夜空中不断蹿起炸响的璀璨夺目的烟花爆竹，我的心中一种特有的幸福感和使命感油然而生。夜空中那些微笑的星，早已读懂了我的心，它们知道远方的亲人们正在惦记着我，它们和我一样，最乐见战士们观看精彩春晚时脸上绽放出的笑容……

老兵的战歌

2014年9月18日,我到白山军分区报到任职。9月30日,我应邀参加首次白山市烈士纪念日公祭仪式。我和刘长俊老人都站在第一排,且位置相邻。一看老人胸前挂着的奖章就知道,这是个老军人。队列里,我俩目光彼此一碰,点头微笑,自有一种军人特有的亲近感。仪式开始后,要按次序敬献花篮、瞻仰纪念碑,我请刘老走在我前面。仪式结束后,我见刘老独自一人往外走,便跟了上去,"老人家您好,我是军分区赵政委,我送您回家吧,我带车了。"

"军分区赵政委啊,谢谢你啊!给你添麻烦了!"刘老感动而惊喜。

我把老人请上了车,一路上,我们聊了很多。我了解到,刘老1926年出生在辽宁宽甸,1945年8月经工友王树恩介绍,在河北昌黎入伍参加了八路军,已八十九岁高龄了。临别时,我们互留了电话。

那次见面后没多久的一天，刘老打电话说要来看我，我赶紧安排车把他接到办公室。见面简单的问候、敬礼、握手后，刘老就迫不急待地在茶几上打开一个厚厚的蓝布包，里面装着各类证书、奖章、资料，大都是二十世纪四五十年代，他参战时获得并珍藏下来的，其中有三件：《指导员职责和工作》《革命歌曲三十四首复印件》和《锦州市各界人民欢迎过锦人民解放军慰问信》，被辽沈战役纪念馆收藏。

每一个证书，都能引出一串动人的故事；每一个奖章，都印证着战争岁月的峥嵘与激情；每一份资料，都书写着坚定的革命信仰和不变的军人本色……

打那以后，军分区先后几次邀请他来讲传统、作报告，每次他都愉快地接受邀请。尽管他年事已高，可每次讲起来都声如洪钟，慷慨激昂，每次都有收不住闸的感觉。我们坐在台下，和老人一起重温着烽火连天的战争岁月，感受着血与火对心灵的涤荡，同时也感动于老人对军旅那份深沉的情谊！

那年腊月二十九，我到刘老家提前给他拜年，得知，他老伴刚刚去世，刘老心情沉重，情绪低落，但他思维依然清晰敏捷。

从此，每逢八一、春节，我都尽可能抽时间去看望他老人家，我们成了忘年交。每次见面，他总有讲不完的战争故事，展示不完的、他珍藏的宝贝资料。

随着交往的增多，我对这位饱经战火洗礼的老兵越发崇敬。

他有信仰，有追求，在他身上最能体现出革命军人的核心价值观。

他经历传奇，1945年8月15日入伍参加八路军，先后参加过四保临江战役、四平战役、辽沈战役、平津战役、强渡黄河战役、中原战役、渡江战役、衡宝战役、广西战役、解放海南岛战役，曾经光荣负伤，被誉为"百战老兵"。

他是个文化人，新中国成立前高小毕业，爱好书法。参军后，被119师356团选送到第四野战军军政大学，学习一年。他的记忆力惊人，表达能力很强。宏观上，他能讲清一个个战役、战斗的背景、顺序、时间轴；细节上，他能讲出一个个生动感人的故事，且讲起时间、地点、人物，如数家珍，很少打锛儿！

当年采访过刘老的中央文献研究室第四编研部副主任张宁，称赞他是"革命的活化石"。

刘老有句时常溜出来的口头语："……我记忆犹新！"的确，他回忆起每场战役战斗、讲起每个故事都"记忆犹新！"

最难能可贵的是，刘老到现在（2019年3月），仍能唱出三十多首战斗歌曲。这或许和他在部队从事政治工作有关，他当过文书、文化干事、副指导员、指导员……当年上级下发的战斗歌曲，大都由他亲自教唱给所在分队官兵。有些战斗歌曲，已是鲜为人知，但老人记得特别清楚，唱起来声情并茂。

因此，不知不觉中，我每次和刘老的见面，变得不单单是友情上的交往、心灵上的沟通、职业上的崇敬……心底里一直有个声音在告诉我：我应该完成当代军人应该完成的一项特殊的使命。

彼此之间也不用言明，自有一种默契。

2016年正月里，我去刘老家拜年，正式向他老人家表明了我的一个想法，也是夙愿吧，我准备每周采访他两次，每次让他只管讲故事就行，我们给他录音、录像，最后我们负责整理，为他出一本书。他听了我的这个想法，非常高兴，愉快地答应了。

第二天上午,刘老来电话了,一听声音就感觉有些不对头,一反昨天愉悦的情绪,他声音低缓地说:"赵政委啊,昨天说的采访的事,我女儿不同意啊,她怕影响我身体健康!对不起了,赵政委……"

我回话说:"没关系刘老,我们尊重您和家人的意见,您的健康快乐比什么都重要!"

话虽这么说,我的心情却有些失落,自己心中的一个使命在信心百倍、即将展开之时,却忽然中止了——如刚刚点燃的火把,在风中重重地闪了一下后,无奈地归于沉寂。

刘老心中最惦记的事,还是他会唱的三十五首战歌,能不能有人帮他录下来,谱上曲,传唱开来。他的心愿我一直记挂着,尽力帮他实现。政治部的战士小罗先后几次找刘老录歌,并和周树广干事一起,把刘老手写的三十五首战歌的歌词认真校对后打印出来,送给刘老。

2017年,我赴国防大学学习一年,期间和刘老保持电话联系。学习结束回来后,我去看望他,见他依然身体硬朗,热情健谈,我很开心,又萌生了深度采访他的念头。

我并不总去打扰他,一两周去一次,请他讲自己亲历的战争故事,我们彼此心照不宣。他其实最爱把自己的故事讲给我们听,讲起来绘声绘色,滔滔不绝。我坐在他身边,时不时把水杯端给他,让他润润嗓,讲讲歇歇,每次都将近两个小时。听老人讲得嗓音已有些沙哑了,我便提醒说:"刘老,今天就讲到这儿吧,下次再听您讲!"

每次告别刘老,一面体味他烽火忆事的盛宴,万般豪情在心头；一面心疼着他老人家的身体，特别是嗓子。后来再去采访他，我除了买些他爱吃的水果，还顺便给他带几盒胖大海含片，想办法保护好刘老的嗓子。

为了给刘老的三十五首战歌谱好曲，传唱开，我先后联系了两位热心的音乐人——刘宝邦老师和曹旭老师。他们答应为这些战歌谱曲。通过老战友丁家华，我还联系到了转业到图书馆工作的刘燕女士，请她帮助查找这些战歌的歌谱；还有热心的白山籍作家章砚老师也表示，要为这些战歌打造一场音乐会。有这么多热心人的无私倾力帮助，这些战歌一定会留传下去的。

通过五年来与刘老的交往，和对他持续不断的采访，一位和平年代成长起来的军人，对一位信仰坚定、亲历战火、热爱生活、精神丰盈、健康乐观的"百战老兵"的敬仰之情，与日俱增。他所经历过的战役、战斗的脉络已逐渐清晰；他所讲述的一个个故事，越来越丰满感人；他孤独传唱的跨越七十年时光的一首首战歌，必将被越来越多的人知晓、传唱！

听，那铿锵豪迈的歌声，似催征的战鼓，踏过岁月的尘沙，冲破历史的云霄，带着胜利的荣光，向我们大步奔来……

> 吃菜要吃白菜心、白菜心，打仗专打新六军、新六军。
> 菜心味甜营养好、营养好，歼灭新六军建功勋、建功勋。
> 同志们大家来竞赛、来竞赛。看看谁是人民的大功臣、大功臣。
> 同志们大家来竞赛、来竞赛。看看谁是人民的大功臣、大功臣。

向老兵致敬

八一建军节前夕,我接到了老兵刘长俊的电话,他说八一要到了,给政委致以节日祝贺。老人今年九十二岁高龄了,离休三十多年,依然有着深厚的军人情结,令人肃然起敬。

放下电话,我心里久久不能平静。八一是军人的节日,更是老兵们的节日。他们为国为军为民付出了最为宝贵的年华,我们不能遗忘他们!

前年,军分区联合白山有关部门开启了抢救"抗战老兵口述史"文化工程,挖掘宣传了白山地区二十二位抗战老兵事迹,感动了边城,感动了社会,更加坚定了我们这些戍边军人强边固防的忠诚信念。战争年代,老兵们为了心中的信仰,甘洒热血,无畏牺牲;进入和平时期,为了国家建设,他们坚决服从组织安排退伍返乡,哪怕个人利益受损也义无反顾。他们的精神和情怀令后人景仰。

长白县马鹿沟镇二十道沟村抗战老兵李振夏，抗战时担任部队通讯兵，在一次传送紧急情报途中，从飞驰的马背上摔了下来，右肩和胯部摔成重伤，至今旧伤仍常常发作。抗战胜利后，他退伍回乡务农时，国家补贴了他六百斤小麦。但他却背着家人，毫不犹豫地把小麦退了回去，他说："我自己有手有脚，不需要国家的补助！"现如今，他仍然过着清贫的生活，淡然无求。

老兵的想法简单、朴素，不管自己多么困难，他们想着的都是如何能为国家减轻负担，想着的永远都是国家建设和部队发展。他们的心中，装着的永远是大义。那年我到革命老区井冈山，战友向我介绍，大街上七八十岁的老人，十个得有五个是当年的老红军。令人敬佩的是，他们绝大多数人从未居功自傲，向国家张口要这要那。一位老红军表达了大家的心声：比照那些牺牲的战友，我们能活下来已经很幸运了，还有什么不满足的呢？老兵们的所言所为，无疑给我们上了一堂生动的党课。

家住靖宇县赤松镇的抗战老兵于加堂，当兵十三年，后来响应国家号召，从排长职务上退伍回乡。他就是这样一位令人尊敬的老兵。提起他，民政助理王勇动情地说，这老爷子觉悟可高了，每次到镇里办事，看到人多立马调头就走，从不摆老资格。前段时间老人得了一场大病住院，住了一周病情刚好转，说啥也不住了。医生劝他再住几天，他说，我都好得差不多了，不能再浪费国家的钱了。他常和人讲，以前咱能动弹，就不能花国家的钱，现在动弹不了了，还得国家养着！眼睛里是满满的感动！好多老兵，想得最多的就是党和国家对他们的照顾，话里话外尽是感激之情，却从不摆功。其实，相比于常人，他们为我们国家付出的太多太多！

我军从诞生之日起，一直高度重视厚爱军人家庭。早在土地革命战争时期，就设立了优待红军家属的专门机构。抗战时期，相继出台过《优待抗属代耕工作细则》《优待抗属购物办法》等政策文件。习主席在古田全军政治工作会议上曾强调：注重发挥政策制度的调节作用，增强军事职业吸引力和军人使命感、荣誉感。

去年6月，刘长俊老人找到我，提了一个请求，想到边防部队看一看，坐一坐边防部队的巡逻艇。看着老人期盼的神情，那一刻，我心里一酸，老兵的心愿就是如此简单，能不满足他吗？当老兵和当年战友们走进我们边防哨所的视频监控室，看到科技控边手段如此发达，欣喜之情溢于言表。当刘老坐上巡逻艇，像当年在部队一样站得稳稳的，眼睛警惕地巡视着界江时，我们担心他年事已高，想上前扶他，刘老坚决不同意，他说，就让我真正地再为祖国巡逻一次吧！

昨天，机关的一位同志告诉我一个令人难过的消息，九十岁高龄的抗战老兵周玉浩带着未了的心愿走了。老人生前有一个心愿，就是想去一趟天安门，看看毛主席纪念堂。开始，老人因家庭生活困难，为节省路费没有去成。这几年，老人生活条件好了，国家也有照顾补贴，但身体却不允许了。一位爱心人士听说老人的心愿后，就为他PS了一张在天安门城楼前的留影，老人就像真去了天安门一样，把照片装在镜框里，摆在自己的卧室内，来人就介绍。

令人遗憾的是，健在的抗战老兵越来越少了。机关同志告诉我，前不久，又有几位抗战老兵也走了，黄殿军、聂生茂、刘瑞刚……

联想到那些参加过抗日战争、解放战争、抗美援朝的老兵,他们曾经为我们的国家做出了不可磨灭的贡献,理应享受相关的待遇和照顾。请不要忘记,不要忘记这些老兵们。向他们致敬!八一军旗上,永远铭刻着他们的名字!

方　阵

经过层层选拔，一路过关斩将，田喜从七百人左右的队伍中成功入选进入排面，成为国庆七十周年阅兵文职方队的一员。阅兵村六个月的集中训练，那真是一段刻苦铭心的记忆：徒手方队，踢腿摆臂是基本功，每天八个小时的紧张训练，六条线的标准，约三万动的摆臂、踢腿，行走路程近二十公里，全身上下每一处都被汗水浸湿，可谓"出操一身汗，收操一身盐"。

让田喜印象极深的一个训练内容是"正步拉距离"，即练耐力，要达到一口气走一百多米的水平。起初，田喜正步一口气只能走二三十米，腿就酸到踢不动了。在一次次的拉锯战中，在腿快抬不起来时，他的想法只有一个，就是咬牙坚持，突破极限，争取多走一米。功夫不负苦心人，经过不懈的努力，他终于练就一口气能走将近一百五十米。

8月，骄阳似火，天气异常闷热，训练场的路面如同一块烧红的铁板。田喜和战友们每次慢步热身完毕后，衣服就已经湿了，紧接着就成方队站立，高标准军姿一个小时。站立时，汗不停地往外冒，额头的汗珠顺着眼睛往下滑，田喜眼都不敢眨一下，只要眨眼，汗就会流进眼睛里，蜇得睁不开。在不能动的情况下，他只能等汗珠从睫毛上滴落，才赶紧趁机眨一下眼。一小时的军姿训练结束后，手套、裤腿都湿透了，却没有调整活动的时间，立马变换队形，进入分列式环节，这几十步的队形变换就是活动已经僵硬的膝盖、脚腕的时机。当走正步的时候，裤腿的汗向前甩，手套的汗向两边甩，搞得旁边的战友都睁不开眼。湿漉漉的裤子随着腿的运动，时不时地还会挤出泡沫。课间休息时，田喜坐在凳子上，汗水会顺着裤腿流一地，衬衫一拧全是水，汗还在不停地从脸上滑落，疲惫至极。

向时间要动作，向汗水要动作。作为一名大龄队员，要想跟上训练进度，就要付出更多的汗水。晚上，田喜经常给自己"补钙"，好让动作更标准。

楼门前倒计时牌的数字一天天地减少，田喜的动作也一点点地进步，每天挥汗如雨，只为了以最高标准，向祖国献礼。

其实，田喜面对的考验，不只在这魔鬼训练场，在他内心深处，还有另外一个"训练场"，无时无刻不在炙烤着他的意志和情感。

2019年4月，上级来了选拔参加国庆阅兵文职人员方队队员的通知。田喜三十三岁，身体健康，身高一米七八，体重七十二公斤，尖尖的下颔，帅气的脸型：各种条件都具备，无疑是军分区系统的最佳人选。

听到这个信儿，田喜的心活了：军旅生涯要是能参加上国庆阅兵，那可是太荣耀了！

兴奋愉悦之中，田喜忽然想起怀孕已有七个月的妻子，脑袋又耷拉了。自己要是这个时候去参加阅兵了，双方父母都不在身边，女儿又小，妻子可咋整？怎么和妻子张这个嘴呢？一时愁坏了田喜。

田喜决定先征求一下妻子的意见。那天下班回家后，他有意无意地对妻子说："媳妇儿，你了解国庆阅兵吧？看他们从天安门前走过时，多自豪，多牛，我要是也能走一把，军旅生涯也就无憾了。"

妻子一下子猜透了田喜心里的小九九，一边忙着手里的活儿，一边瞥了他一眼："怎么突然提起这个事了？又有什么不好的事情？"

田喜凑过来，笑着对妻子说："现在有个机会，军改后，首次组建了文职阅兵方队，上级让符合条件的人都去参加遴选，我知道你现在是最难的，要照顾姑娘上学，如果我去了，你生孩子时还不一定能回来，这段时间我让我妈从天津来照顾你和姑娘，到时再雇个保姆……我知道这样对你来说，确实太难为你了！可是一辈子也就这么一次机会吧，机会难得，将来也给两个孩子做个榜样，你能不能支持我……"

"你都多大了，还得去呀？"妻子并没有立即答应，探问的语气，已表露出了她很不情愿。

晚上，田喜辗转反侧，难以入眠。妻子也没睡着，只是偷偷地流泪……

第二天一早，妻子起来时看着田喜坐在客厅愣神，情绪不高。

她强忍心中的苦楚与委屈，再次做出了支持丈夫的决定。她故作轻松地说："老公，你去吧，再苦再累也就半年，这么多年都过来了，也不差这半年了。"

"谢谢媳妇儿！"田喜给了妻子一个深情的拥抱。

田喜报名，入围。

带着亲人和战友的嘱托，田喜踏上了阅兵方队选拔的征程。

虽然妻子支持田喜参加遴选，但内心里还是十分难受的，曾经屡次被赶跑了的孤单、无助，再次将她柔弱的身躯围困。

田喜到训练基地的第二天晚上，女儿突然感冒发烧三十九度，妻子跟着着急上火，也发烧三十九度。田喜和妻子都不是本地人，身边没有亲属，母亲还在来长白的路上，田喜再着急，可远水救不了近火，只能通过电话安慰妻子。孩子吃了退烧药，暂时退烧了，但孕中的她不能吃药，只能硬扛。凌晨1点多，仍没退烧，没办法，田喜就给当地平时和他们走的比较近的杨阿姨打电话，请她帮忙过去照看一下。杨阿姨很给力，大半夜赶过去，用湿毛巾给妻子物理降温。田喜揪着的心总算稍微平复了一下，迷迷糊糊睡着了。6点钟，他准时起床，又开始了一天的训练。由于睡眠不足，加上刚开始训练，浑身酸疼。虽然很难受，但丝毫没有动摇他参加阅兵的决心。

2019年6月1日，就在田喜刚进阅兵村不久，妻子临产了。

两难之中，阅兵事大。田喜唯有选择留队训练，把万般牵挂埋在心里。

为了让田喜在阅兵村安心训练，县武装部领导和战友们早早地来到医院，妻子单位的领导闻讯也赶到了医院。可剖腹产手术需要家属签字，妻子笑着说："田喜不在，我自己签吧。只要是我能做的，就不让田喜分心了。"

大伙儿都被深深地感动了。负责手术的主治医生见此情景，不由得为她点赞："军嫂真的了不起，你太勇敢了！"

随着妻子被推进手术室，时间的流速仿佛一下子进入了另一个时空，减慢了许多，给人的感觉就是煎熬。

一直牵肠挂肚的田喜，利用训练间隙气喘吁吁地打来了电话："孩子生了没？手术顺利吗？"

接电话的郑科长笑着说："别担心，一会儿孩子抱出来就给你发视频！"

半个小时后，产房门打开，一个六斤六两的大胖小子被护士抱了出来。当田喜在视频中看到儿子那一刻，止不住的泪水在他那黑瘦的脸庞上流淌，那是最幸福的泪，也是最愧疚的泪……

妻子从产房里出来，看着视频里流泪的田喜，虽然她极度的虚弱，还是微笑着安慰他："放心吧老公，你好好训练，不用担心我们。"

此时，田喜心里就一个信念，千言万语汇成了一个行动，那就是刻苦训练。

后盾强大，劲头倍增。2019年10月1日，国庆阅兵时，文职人员方队以昂扬的姿态走过天安门广场，第十二排面第十一名的田喜，也用自己的坚韧与努力，向祖国交上了一份满意的答卷。这一刻，也永远定格在田喜的脑海之中。他还因训练表现突出，被文职人员方队评为"优秀共产党员"。

正是那坚强的后盾，让田喜一路走来，步伐异常坚定、沉稳。

这令我的脑海里浮现出了"方阵"这个字眼。方阵，原指古代作战时军队排列的方形阵势，现在多指阅兵方队。对于每一位像田喜一样的国庆阅兵队员，身后或许都有一串生动感人的故事，都有一群一直全力支持他们的亲人和战友。这些亲友们，何尝不是集合在他们身后的另一支"方阵"？

2019年10月5日上午，长白县城的天气格外晴朗，湛蓝的天空中那朵朵闲云，似在期待什么喜事，交头接耳，笑靥抚风。

9时50分，县客运站门前，鞭炮炸响，锣鼓喧天，秧歌扭起……长白县武装部全体官兵以最隆重热情的方式，迎接参加国庆阅兵文职方队队员田喜。

田喜刚走出车门，女儿就奔跑着扑向他的怀抱。田喜举起女儿在空中飞转，转出了女儿"咯咯"的欢笑声……一家人拥抱在一起，如战场凯旋的场景，深深感染着众人。

田喜从阅兵方阵中，重新回归到他从前的战位——吉林省长白朝鲜族自治县人民武装部。

2011年7月，田喜军校毕业，分配到长白县某边防团5连，成为长白山脚下、鸭绿江畔沿江哨所的排长。2018年，田喜从现役军官转为文职人员，按政策可以转文员回老家天津，但他放弃了回大都市的绝好机会，选择继续留在长白山脚下、鸭绿江畔这座边陲小城。面对大家的疑惑，田喜曾发自内心地表白："从军校毕业就扎根长白，这辈子，我的根就注定扎在这里了！"

走笔至此，我仿佛又见到了另一种方阵，那是存于田喜心中的更大的方阵。那方阵，横线很长，是祖国的边防线；竖线也很长，是整个国防动员战线……其中的一个坚实的交会点，就是田喜现在所在的战位——长白山脚下的这座边陲小城。

千磨百练的田喜，应该深谙方阵的机理，方阵中的每一个战位都是相对固定的，尽管也有替补队员。一个真正称职的方阵队员，是有坚定的信念和意志的，是经得起各种挫折考验的，是不可替代的。

由这个方阵拓展开来，其实，我们每个人心中都有一个更大的方阵——祖国。我们每天每时每刻，不都是在感受着祖国母亲的温暖？不都是在祖国的方阵里行走吗？我们每一名方阵队员，与祖国母亲同呼吸、共命运，与祖国母亲同心同步，走好自己的步伐，守好自己的战位，我们伟大祖国这个巨大方阵，就会变得更加强大，滚滚向前，无往而不胜。

梦 里 回 营

小王是我多年的好战友，2016年底转业到驻地政府机关工作。前几天，他给我打电话，约好了一起吃饭。吃饭是陪衬，叙旧才是主要的。

席间，他说离开部队后，夜里总爱做梦，梦见的全是部队事、战友情。

以前经常听到一些老战友谈论离开部队后，是如何怀念军营生活，又是如何常常梦见老战友，梦见部队的。听得多了，人在军旅的自己还真没怎么走心。

这次小王一说，许是触碰到了心底那根沉睡已久的情感神经，像被水波荡漾到的水草，无缘由地起了牵挂。于是，我便有意无意地和一位转业到地方多年的老战友说起这事，他讲他刚到地方时，如同突然断奶的婴孩，对部队的依恋之情难以割舍。最初的两三年,他基本上是白天去上班,夜晚梦里回部队。那与战友们的欢声笑语,那火热的军营生活,那紧张而高昂的训练场景,无一不在梦境里清晰地重现。

军旅生活对一个人的影响究竟有多大,情结到底有多深,只有告别了军旅生活的人才最有发言权;只有千千万万脱下军装、离开部队的老兵的梦才最能说清。战友情,如同一本厚重的情感之书,翻开,是激情燃烧的岁月;合上,是青春与理想的记忆。只是这一切,我三十多年来虽然一直在经历,却似乎并没有真正读懂。或许,只有等到我正式告别军旅之时,那些深藏在心底的友谊和情感,以及对军旅生活深深的眷恋,才会全部被唤醒并且蓬勃生长吧。到那时,我一定会步老战友们的后尘,也会变得多梦,而且每次都是梦里回营,听军号声声,看军旗猎猎……

我想我一定会梦见,1985年9月的那天,我与四位高中同学,同乘198次开往南京的列车,奔赴大学报到。尽管一路没座,只能坐在行李上,但我们不觉疲劳,一路上谈笑风生,心中满是对未来美好的憧憬。1986年初春,一位军校同学半夜突然发病,我们轮流将他背到医院救治。一群热血青年,开始品味什么是战友情。我会梦见,毕业演习的第一天,滂沱大雨中,我们敬爱的朱教员,一改平时和蔼可亲的样子,站在队列前大发雷霆。是他,让我们这群青年学员记住了,演习不是儿戏,人生中类似的戏绝不可能再演。我还会梦见,一位同学因不可抗拒的因素中途退学,我们洒泪惜别,也是那次,让我初尝了啤酒的苦涩与离别的心酸。

刻骨铭心的战友情,它既是友情,又是生死情、患难情,是含金量最纯的情,因为这里也蕴含着独特的人生价值观。我想我的梦里最不会缺席的是老炮团的老团长——他每年大年三十，都替战士站零点哨。我至今还记得他威武的军姿和灿烂的笑容。从那时起，站零点哨成了我的夙愿，爱战士成了我的带兵信条。梦影依稀，一定还会出现一张合照，那是我离开"老虎团"赴京代职的前一天，母亲和我、小妹、小周，在怒放的丁香花丛前拍的。母亲那不舍的泪光，让我懂得了儿行千里母担忧的真谛，知道儿女是母亲一生中最放不下的牵挂。

我会在梦中长长地回望2010年的初冬，洮南训练基地那场几十年不遇的大雪，草原一夜变雪原。突如其来的大雪，仿佛突如其来的敌人，让我铭记，战争不会选择天气，更不会让你选择对手。还有那年，在旅顺靶场，在刘旅长精心谋划下，得以让炮兵的各种特种射击科目如期成功上演，让我这炮兵出身的搭档，有幸欣赏到一场终生难忘的战地焰火。我的梦里，也会出现抗洪抢险时官兵们一起奋战的身影、紧张的画面，家住河边的那位中年男子，向我投来信任与依赖的目光，那目光里，我找到了军人存在价值的答案。

国防大学学习期间的梦啊，紧张又甜蜜，繁复的考试过后的兴奋，井冈山上红歌飞扬，歌声激荡云霄，国外考察回味绵长……

当然，梦，毕竟是梦，它会引领我游走在现实之外，但它终究摆脱不掉军营的脚本，主角定是那些熟悉的模样。

"战友，战友，亲如兄弟……"再梦一场，所有的梦与我来讲，也都离不开具体的每一位战友。一路走来，是他们为我领航，助我成长，在我困难的时候伸出援手，给我鼓舞和力量；在我孤单的时候，给我送来深情拥抱。我亲爱的战友们啊，那一张张熟悉的脸庞下，有的侠肝义胆，有的铁骨柔肠；有的风风火火，有的沉稳内敛；有的博学睿智，有的纯真可爱……毋庸置疑，他们都有一颗报国强军、满怀激情的赤子之心。

我想那时，每当我梦中醒来，一定会加倍感恩军旅，加倍珍爱战友情——这是只有当过兵的人，才有资格享受的人世间最真挚、最纯洁、最恒久的情感。这种情感是天地间的大爱，是骨子里的操守，就像一壶陈年老酒，年代愈久情愈浓。为了将来的梦中不留遗憾，现在的我要时刻反思自省，在本职岗位上，是否做到知兵爱兵，以情带兵？自己与从前的战友和现在的战友相处中，是否有过心浮气躁？是否做到与我的战友一起，视祖国的利益高于一切，不忘初心，牢记使命？战友情，根植于家国情，体现在四海情，终归也是兄弟情。无论是战友情还是兄弟情，是共同的理想和信念，让我们的友谊牢不可破，万古长青。

"当我们上了战场，能为你挡子弹的人；在你身陷重围时，可以把后背交给他的人……"这是前辈们对"战友"的解读，我一直奉为圭臬。

梦里回营，魂牵梦绕中，南宋著名爱国词人辛弃疾的那首脍炙人口的军旅诗词——《破阵子·为陈同甫赋壮词以寄》回荡脑海：

> 醉里挑灯看剑，梦回吹角连营。八百里分麾下炙，五十弦翻塞外声。沙场秋点兵……

一首词的吟咏有多长？我仿佛听到了八百年前军旅梦的原唱，穿透岁月，逶迤而来，依旧荡气回肠。

第二辑

域 外

科伦坡——微笑之城

异国之旅,特别是去到一座陌生的城市,总会有一些新鲜的感受。

这次来到的是斯里兰卡首都科伦坡。这里濒临印度洋,是位于锡兰岛西南海岸的一座美丽的海滨城市。市区里树木苍翠,花卉争艳,景色宜人。街边常见铁木树、榕树、椰树等高大的树木,或枝杈旁逸斜出,或高耸入云,或独树成林。点缀在城市各处的富有当地特色的古老建筑,大多与宗教有关,尤其显得这座城市的古朴典雅、安详和谐。欢快狂放的打击乐舞,和虔诚笃信的宗教信徒,越是反差大的事物,越能冲击你的视觉和心灵。城市里左侧通行略显逼仄的交通令人印象深刻,而穿行于街道上色彩和外形新颖别致的三轮摩的,成为城市一景。

而我印象最美好深刻的,是几天的接触中,所感受到的这里人们的淳朴，善良得没有一丝虚伪和邪念，特别是因善良的心灵和幸福的生活而绽放在脸上的那种灿烂幸福的微笑！这种微笑，无疑是人世间最美好的，你加上多少形容词都不为过，又似乎表达不尽，这里人们的笑，是那样天真、祥和、自信。

粗略考究，那微笑的背后，有千百年来不变的虔诚信仰和对生命的禅悟。斯里兰卡包括科伦坡大多数人都信仰佛教，许多习俗都与佛教有关，佛教融入了生命，善良成为天性，幸福和微笑写在了脸上。

那微笑的背后，也定有饱经战乱沧桑而劫后新生的感恩与珍重。斯里兰卡政府军与泰米尔猛虎组织的内战，持续了近三十年，直到2009年猛虎组织被彻底剿灭，人们才终于迎来了真正的和平生活。经历三十年战乱而争取和盼来的和平安宁，人们怎能不珍惜，怎能不幸福，怎能不微笑？

那微笑的背后，也一定有人们对今天来之不易的美满幸福生活的不懈追求和知足满足。经过政府和斯国民众的艰苦努力，如今，斯里兰卡的国民经济和百姓的生活水平稳步提升，这里的人们能享受到免费的医疗和从幼儿园一直到大学的免费教育，等等，有诸多的社会保障，自然才有发自心底的祥和的幸福微笑。

相比较这里人们的微笑，同伴们共同的感慨是，国内有些大都市里，长期在紧张和压力下工作和生活的人们，自己身上的那份本真已不知丢到哪里去了，语言和表情，有时成为一种机械生冷的范式表达，有时虚假遮蔽了纯真，匆忙冲淡了从容，功利带跑了初心。

穿行于科伦坡城里的各处景点，有善良的人们感染着你，有可亲的笑容氤氲着你，令你感觉到城市里的一切都是那样美好，丝毫没有"独在异乡为异客"的孤独感。我情难自抑，全身心地去搜索体悟城市里的吉光片羽、点点滴滴，无意中发现，那些点缀在街道或建筑物显著位置的广告牌，无论是宣传展示什么内容的，无论上面的人物是大人还是小孩，几乎都是在微笑着……

善良的眼神、黝黑的肤色、洁白的牙齿、灿烂的微笑，成为我脑海里永恒的定格。

科伦坡，名副其实的微笑之城。

即将离开这座城市，对于国人来说，一项必不可少的科目是疯狂购物。对于科伦坡，你可以带走它的宝石，你可以带走它的茶叶，但你很难带走它灿烂永恒的微笑。

再见了科伦坡！我心中永远的微笑之城！

在斯里兰卡感悟和平之盾

异国风情固然吸引人,但我此次斯国之行最大的收获,是对和平有了更深的认识和感悟。

在科伦坡市区里的重要地标附近,经常能见到持枪执勤的哨兵。他们警觉的目光引起了我的注意和思考,莫非只有经历过战火的国度,才能真正懂得荷枪实弹的意义?才能真正懂得维护国家和平安宁的重要?

斯里兰卡从十六世纪起先后被葡萄牙人和荷兰人统治,十八世纪末成为英国殖民地,直至1948年才正式宣布独立。然而,独立并非和平的开始。作为斯里兰卡的两个主要民族,僧伽罗人与泰米尔人宿怨很深。1972年,以"独立建国"为目标的猛虎组织成立。1983年,该组织开始与斯政府军爆发大规模武装冲突。直到2009年5月猛虎组织被政府军彻底剿灭,斯里兰卡人民才终于迎来了和平。

　　这场内战造成大量人员伤亡，财产损失不计其数，成为南亚地区一道深深的伤痕。对斯里兰卡人民来说，历经长期战乱才争取来的这份和平，怎能不倍加珍惜？

　　由于特殊的地理位置、复杂的历史渊源和民族构成等因素，斯里兰卡既要有效应对地区安全、民族矛盾冲突等传统安全威胁，还必须防范恐怖主义、海盗活动等非传统安全威胁，这让斯里兰卡人有着强烈的忧患意识。特别是经历了独立前长期被殖民统治和独立后几十年的战乱风雨，斯里兰卡当局高度重视武装力量的建设发展，因为他们深知，军队才是维护主权、捍卫和平的坚强柱石。

　　迪卢卡海军中尉是我在斯结识的朋友。去年刚从大连舰艇学院留学回国的他，对中国有着特别的情谊。他主动用汉语向我介绍斯国斯军的情况和他在中国留学的美好时光。在和迪卢卡的交流中，我感受到了斯国军人的职业精神和素养，也了解到军人在斯国的社会地位之高。在斯里兰卡，军人无疑是最受人们尊崇的职业之一，因为这里的人们深深懂得，谁才是他们幸福生活的真正守卫者。

　　安享和平是人民之福。细心观察，从斯国国民的眼神里，总能够读出长期战乱后终于迎来和平安逸生活的幸福感。

　　当我走出和平的祖国重新审视和平时，更加领悟到和平的宝贵。对于一个国家和她的国民而言，还有什么比和平更重要？和平犹如空气和阳光，受益而不觉，失之则难存。每个人都必须明白，和平不会从天而降，和平需要倍加珍惜。

缅甸的云

在美丽多彩的大自然面前，时常会感到人类语言的乏力。

欣赏着、享受着天天陪伴着你的缅甸的云，我感觉何止是语言的乏力，即使能用世界上最先进的摄像器材把云们拍摄下来，又能拍几朵几分几时呢？然而，总还是记下一点儿感触为好，至少在我心里对得起曾经伴我乐我净我的那些云们。

算起来，已在缅甸逗留一周了，这里的云也已陪伴了我们一周，只是刚开始我们过多关注公务活动，等有了闲情，才发现这里的生态环境如此之好，天空是那么蓝，渐渐地发现天空中总有千姿百态、妩媚多姿的云做伴。它们陪伴点缀着蓝天，自然也陪伴着、赏心悦目着我们。

说不清是从哪时哪刻开始，我真正喜欢上了这里的云，它们是不知不觉地逐渐走入并占据了我的视线。除了云们纯洁飘逸、千变万化的形态，我似乎更喜欢它们那不事张扬、大美无声、大象无形的个性。不管你在意也好，不在意也罢，不管你夸赞也好，不夸赞也罢，它们一直在空中面带微笑地陪伴着你，且不施一点儿粉黛。它们静静地浮在那里，看似纹丝不动，但当你稍微仔细多观察一会儿，等你的身心真正静下来时，才能体会到云们微微地在动。

谁都清楚，来缅甸的人，不少都惦记着翡翠玉石、当地特产，有谁会在意到云呢？倒也应了那话，恰是那最寻常的陪伴，才最值得人们去珍惜。终有一天它们会吸引你的视线，触动你的心灵，生命里总有一片祥云为你缭绕。

茂密的亚热带植被、丰沛的水系、湿润的空气，决定了这里很少会有万里无云的景象。湛蓝的天，配洁白的云，它们总是如影相伴。

在这里，蓝天白云似亲兄弟，又如相濡以沫、情深似海的爱人，总见它们和睦相处，携手登场。蓝蓝的天空是一张超大的绘画纸，以最美最纯正的蓝色为底色，等待云笔尽情地挥毫泼墨，它们的配合天衣无缝，浑然天成，远远超出了人类的想象，创作出了变幻无穷的万种风情。

有形不累物，无迹去随风。那是我见过的最纯最美的云图，它们或似雪后的群峰、石林，或似翻腾的巨浪，或似洁白的羊群，或似奔腾的骏马，或似堆积的棉絮；它们有的如高低错落的峰峦聚成一团，有的则如洁白轻盈的哈达烟飘千里；有的栩栩如生，像狮、像猴、像菩萨……更多的则任意飘洒，无声、无形、无际限；有的如气势恢宏、层层叠叠、回廊相连的天宫，有的则丝丝淡淡、缥缥缈缈，不能承受之轻，仿佛轻轻地吹口气，它们就会飞散掉；有时，云们左一块右一缕，有时，云们又会如听到号令的军队，集合成有形规整的巨阵。总之，似有一位天才设计师，每天都在天空中巧夺天工地布设多彩多姿的云雕博物馆。

参观这个博物馆，不需门票，也不用驱车前往，什么都不需要。是啊！云需要你什么呢？云不但不需要你什么，反而会感染你的心绪，净化你的心灵。你心中纵有再多的烦恼，再多的杂念，常常会被它们轻而易举地洗去卷走，留给你一份快乐、一份纯洁、一份空灵的心境。那是真正的吉祥之云。

此时，你更多地只顾欣赏天空，已忘记把目光收回到陆地。其实，缅甸的陆地也很美，各种亚热带植物自由地生长，构成绿色的海洋。在绿色地毯的映衬下，天更蓝，云更美。在蓝天、白云、绿海之中，生活着善良幸福的缅甸人。细想想，蓝天、白云、绿海、水系、人类，是命运的共同体。没有茂盛的植物、丰沛的水系，特别是没有爱护自然、敬畏自然的人类，怎么可能有蓝天白云？而没有蓝天、白云、青山、绿水，又怎么可能有真正幸福快乐的人类？

说到云，很多人喜欢傍晚的云霞。缅甸的云霞更美，特别是夕阳西下的时候，天边的云们会一改白天的素净，浓妆艳抹，闪亮登场。曼德勒山上金碧辉煌、高低错落的金塔也前来助阵，在夕阳的映照下，彼此交相辉映，都更加灿烂夺目，它们共同为你准备了一场绚烂的激情晚会，燃起篝火，舞起红橙色彩带，奏出华彩乐章。待到晚会达到高潮，月儿高悬空中，助兴做伴，令人浮想联翩，诗意盎然。

京城羞见人，异域乐陪君。
带走万张照，惜别一片云。

　　世间没有不散的宴席，欣赏享受了一周的"缅甸祥云展"这一视觉盛宴，可谓幸运矣，然而终究还是要和云们话别。
　　悄悄的我走了，不带走一片云彩，只带走点点的思念……

一封芬兰航空公司的来信

去北极，看极光。

去年早春的一个上午，八哥夫妇随乐行旅行团登上了北京飞往芬兰赫尔辛基的航班。

八哥，本名赵恩涛，长春市资深驴友，2005年考取中国登山协会户外指导员和攀岩助理教练资格，旅行足迹遍及国内各省市、世界五大洲，还到达过南极和北极。

大约飞了四个多小时后，空乘人员用英语广播了一条消息，乘客中有没有医生？一位乘客生病，情况紧急，需要救治。机组人员准备就近迫降俄罗斯境内机场。

乐行领队岳然来到八哥的座位旁，八哥头戴耳机，正在专心致志地看大片，不知道刚才发生了什么。岳然向他介绍了情况，"你是咱团的队医，懂中医，我带你去看看吧？"

"我能行吗？"

妻子也鼓励他："已经广播好几遍了，去吧，救人要紧！"

八哥随岳然往机舱前部移动，一群人围在外边，里面一位二十多岁的白人小伙坐在安全通道口地毯上，怀抱着他不省人事的父亲，焦急万分。

乘务长见来了两位中国人，说了几句英语，请他们退回，以为他们是来围观的。岳然用英语说："这位是我们的队医，是来救人的。"

瞬间，一群人全部闪开，给八哥让出通道。

八哥出身中医世家，但这样的场景还是大姑娘上轿——头一回，未免有些紧张。他略一了解，白人小伙陪父亲来北京看病，老人身体很弱，登机前又没吃什么东西。一把脉，手脚冰凉，气息十分虚弱。八哥用力掐住老人左右手的内关穴，又按压劳宫穴，老人猛地睁开了眼睛，松了一口气，挣扎了一下。老人醒来，大家一起为八哥鼓掌。

见病人平安无事了，八哥和众人都各归各位。剩下的旅途中，空乘人员无微不至地照顾那位老人，但事先每每都向八哥请示，八哥真成了"老中医"！

飞机到达赫尔辛基后，全体空乘人员在机舱出口处列队向八哥表达敬意！八哥从来未见过这阵势，心里美滋滋的。

接下来旅行团又有三次转机。24日下午，最后一次转机是由博德到斯沃尔韦尔的支线飞机。在这二十六分钟的飞行里，八哥又当了一把"老中医"。当时的支线飞机就一位老飞行员、一位空姐，一共四十一个座位，又赶上了暴风雪天气。飞机摇摇晃晃，他发现邻座的一位白人老太太头昏欲呕，立即探过身去，按压老人的神门穴和劳宫穴，老人很快恢复了平静。

下了飞机，老太太和老伴儿向八哥鞠躬致谢。

四段飞行，八哥当了两次"老中医"！终于到达北极圈罗弗敦群岛，同大家一起看到了极难一见的北极光。

回国后，八哥的邮箱里收到了一封英文邮件，他莫名其妙，让女儿翻译，原来是芬兰航空公司发来的一封信：

亲爱的赵恩涛：

对于您在航班中给予我们乘客专业的医疗帮助，航空医生奥拉维·哈马莱内及全体机组成员对您表示衷心感谢。

作为对您的感谢，我们提供给您一张芬兰航空公司的长途机票，由您决定旅行地。此机票有效期一年，截至2018年2月28日。

如您决定了出行计划，欲订购机票，请联系agreement.tickets@finnair.com 预定。请在预定时告知此编号：1-5258039602。

您诚挚的芬兰航空公司客户关系部

伊丽莎·海莱娜

2017年2月23日

看时间，这封信是事发当天就发出的。收到这样的信，八哥全家都很兴奋。他和妻子一商量，决定接受这份感谢和邀请。2017年6月24日，八哥夫妇随乐行旅行团再次登上了芬兰航空公司的航班，完成了他们人生的又一个**梦想**——冰岛之旅。

说走就走的旅行，对于八哥夫妇，还真不是说在嘴上。真正的旅行家，他们对大自然的敬畏和喜爱，他们对健康快乐的珍爱向往，他们对人生的独特感悟，是我们常人难以体会的。"没有人明白，一个灵魂的放飞有多少来自于现实以外的诱惑。"而旅行中的善行，似乎每个人都可以尝试着去做。带着一颗美善之心去旅行，常常能收获更多的、意想不到的友谊和精彩。

一 切 顺 利

亮亮的好友家一，在俄罗斯圣彼得堡国立戏剧学院留学，暑期想去欧洲旅行，亮亮按捺不住，决定与他结伴同行。

亮亮自打前年从某大学表演专业毕业后，就与某电影经纪公司签约，总在外拍戏，短的一周，长的半年，亲人们总挂念他。

亮亮是个不喜欢磨叨的人，他常用微信语音留言："好的，××，放心吧！一切顺利！"

这次要出远门了，亲人们更加惦念，还没到首都机场呢，关心提醒的话，就都上来了。

亮亮依然如故地回复："好的，××，放心吧！一切顺利！"

亮亮和家一的第一站是巴黎。在巴黎待了一周，先后去看了几处必看的景点：卢浮宫、凯旋门、巴黎圣母院、红磨坊……逍遥自在的生活方式，新奇浪漫的异国风情，这座古老的艺术之城，还是给两个学艺术的初来乍到的年轻人,留下了极美好的印象。

计划旅行的第二站是意大利的米兰。

家一建议坐夜车去,这样可以省下宿费。尽管亮亮不爱坐夜车,还是将就了好友。

到了车站,他俩买了晚6点去米兰的车票。按照工作人员的引导,两个人把行李放入大巴车外侧的货箱里。

等他俩放完行李,上车坐定,亮亮感觉车上气氛不大对劲儿,有几个人神色可疑……

亮亮感到了不安,立即拽了一下家一,"走!下去看看行李!"

待下了车,发现行李不见了!立即找大巴的工作人员询问,工作人员说:"不知道……没看到……"

又找到大巴车负责人,提出要看监控录像,负责人说:"你们没有权利看,需要警察局批准……"

他俩又下车跑到警察局。警察局值班人员说:"已经下班了,你们写个清单,明天交上来……"

这时,大巴车已经开走了。

此时此刻,亮亮眼前的夜巴黎,比最深最深的海底还要深不可测!

他俩十分焦急,电话里询问了很多熟人,如何才能找到行李?最后的结论是:找不回来了。要找,就得在巴黎停留很长一段时间。

不幸中的万幸是,他俩丢的箱子里全是衣物,手机和护照没丢。

于是决定,不找了,把这事儿当作一个小插曲,暂时忘掉它,开启新的旅程。当晚他们便在附近找了家旅馆住下。

今晚的亮亮没有"一切顺利",但第二天上午,他照旧在亲人群里发了一条微信:"已安全抵达卡尔斯鲁厄,亲们,放心吧!一切顺利!"

接下来的几站是慕尼黑、米兰、佛罗伦萨、罗马、布拉格、维也纳。他俩格外加小心,再没有发生不愉快的事。

顺利回国。

我时常想,对于现在的孩子,不必奢望他们什么,能够像亮亮那样懂事就足矣。

亮亮从小在长春长大,他大姨(我爱人)没少疼爱他,他每次回长春,大姨就陪他去转转熟悉的桂林路,吃些儿时喜欢吃的东西,到星巴克喝杯咖啡,到宝丽金影碟店买几张影碟看,到万达电影城看场电影,重温美好时光,总令他非常开心愉快。

我常见他和他大姨拥抱的身影,甚至比他与他母亲的拥抱还深情。

我默默地祈福他们:一切顺利!平安幸福!

祈福全家人:一切顺利!平安幸福!

第三辑

亲 情

重 回 村 庄

一

三十年前，告别生我养我的村庄，我开始到城里生活，每年很少回乡。

三十年前的村庄，岁月的表盘仿佛停止了转动，你不用担心抓不住时光的指针——从早晨第一缕阳光洒在窗外，到傍晚夕阳挂在西边那一排群山之巅，每一刻的光阴都有驻留。如果你很主动，有了兴致，它很愿意与你娓娓对话。

全村清一色的泥草房，房前屋后的石墙、栅栏，前街（gāi）后街的几条土路、三口老井、一棵老榆树，赵家的牛，刘家的狗，老巩家的沙果树，老张家的杏树，院子里的磨盘和摆放的农具，炕上的火盆和摇车，常和你一起玩耍的玩伴，每年春节期间秧歌队里大人们的扮相……你今天见是那样，明天见还是那样，明年见，也没什么两样。

岁月慢下来了，四季无意，云风无形。可却有一位时光摄影师，将关于村庄的角角落落、家长里短、小桥流水……拍成了照片，录成了视频，不知不觉中存储在你的记忆深处。

多年以后的某一天、某一刻，或许是一个梦，或许是一闪念，或许是一次无意的闲聊，那些珍藏的记忆，就会瞬间清晰呈现。

二

村庄东头通向村外的那条路，走出一代又一代游子。每一个离乡的人都是村庄放飞的风筝。当风筝飞得越来越高远时，系风筝的长线自然会绷得越来越紧，放筝人开始担心线断筝飞，总想把一个个放飞的风筝收回故乡。

其实，风筝们更想归来。

三十年后，自己也能感觉到，我每年回村庄的频次在增多。

和三十年前比，房子全都变成了砖瓦房，村里出现了十二栋楼房。村里路的走向没大变化，适当地取直，全都铺上了柏油路，安上了路灯。最西面的那栋房子，仍是张五子在住。最南边的那栋房子，仍是邓老师的家。

这期间，由于乡政府落户村里，陆续新增了七十八户人家，大都集中在村东头，那里成了村庄的开发区。

张家的地还是张家的地，李家的田还是李家的田。土地没变，却种走了华年，种老了容颜。在人与大地的对话中，人，最终都是俯首称臣。

早春的归燕仍在衔泥，迎来送往的乡音依然熟稔醉人。

太子河桥下依然是那熟悉的长长的太子河，只是夏日里，再也见不到游泳戏水的喧闹；冬季时，冰面上不再有爬犁和"单腿驴"的舞蹈。

如今的村庄有些像现在的孩子，显得更文静了，因为从前最爱玩闹、最善玩闹的那群孩子都已步入中年，玩不动，闹不动了。村里小一点儿的孩子喜欢上网玩手机，大一些的要么外出求学、要么到城里打工，留在村里的中青年，农闲时的娱乐项目是打扑克、玩麻将。

村庄的夜晚总是来得更早，村庄的黎明还是雄鸡报晓。

三

三十年当中，该走的走了，该老的老了，该留下的一直留在村庄，该回来的陆续回来了。村庄宛如一位宽厚慈爱的老母亲，她从不说什么，更不埋怨什么。她知道：该走的留不住，不该走的走不远，想回来的早晚会回来。

这次回村庄，我心情迫切地见到了小学同学王殿华。

当我与他坐在一起边吃边聊时，那感觉就像我俩紧挨着，坐在当年上学听课的课堂。

在村庄里，在友情面前，所有的成长过程瞬间忽略不计，很自然地回到原生态。

他和我聊的都是村里的事，我们童年少年时的事。虽然我们都在变老，但我发现他的乡音没变，他的性情没变，他住的房子地点没变，他的生活没变。

而我常年在外奔波，不停地变换工作地，总在结识不同的人，自己似乎习惯了变换。在村庄面前，在同学面前，自己显得多么的浮躁和游移，我自惭形秽。

社会的快速发展，催生人的思想观念变化多元。我忽然发现，在这样一个需要变革的时代里，那些不变的东西，显得多么可贵、多么厚重，大地、山川、河流、日月、星辰、信仰、初心、友情……

这些都是有分量的。而那些分量轻得太多的事物，被岁月之风吹得已不知变换了多少次，早已失去了方向和最初的模样。

当我用筷子夹起家乡那熟悉可口的饭菜，我发现，三十年里我品尝过大江南北不少美食，但最惦记、最爱吃的，仍然是那杀猪菜、酱焖河鱼、山野菜、黏豆包、汤子条……

味蕾即是母爱，味蕾就是故乡。

我庆幸自己仍然存有一颗回归村庄的心。

四

一个村庄，如果没有一棵老树，一口老井，就称不上真正意义上的村庄。

可惜，村里的三口老井，只保留下了一口。而那棵老榆树，依然静观苍生代谢，默伴岁月变迁。

打我记事时，那老榆树就参天蔽日，高大神秘。等到上小学时，伙伴儿们时不时在树干上爬上爬下，榆树钱的味道，是它最先让我们尝到的。筑在它身上的喜鹊巢，今年少一个，明年又多一个，它的身边总是不缺少鹊鸟们的欢歌。

究竟是先有村庄，还是先有老榆树？已经没有人说得清，但已无关紧要。在我心目中，那村庄就是老榆树，那老榆树就是村庄。

一百年前村庄的事，无人说清，只有老榆树说得清。

老榆树的年轮里，一定记有村庄史。

村和树相伴相生，村庄自然也有年轮。

在我出生前，村庄的年轮里发生了什么事，我当然说不清，那是长辈先人们的事，那是老榆树的事。

不过，从我出生后，特别是三十年前离开，三十年里偶有回来，这几十年里，村庄的年轮到底藏有多少更深、更细的年轮故事，我倒是越来越感兴趣了。

有年轮的村庄如一张尘封已久、有待解密的老唱片，只要把它放在一台能读懂它的录放机上，它的古往今来，它的离合悲欢，就会细细唱来。

我愿把我的一生汇入到村庄的年轮里。

那群稻草垛

小时候在乡下,每个季节有每个季节的玩法,严冬也锁不住男孩子们贪玩的心。大孩子们最爱到太子河上滑"单腿驴",显摆他们的能耐和速度。我们这些年龄小的,还滑不了"单腿驴",只能跪着滑爬犁。大孩子们嫌我们在冰面上碍他们的事,就不愿意带我们。去滑了几次,总看大孩子们的脸色,我们就不太爱去了。

爸爸和叔叔们在院前的菜地里,先用雪堆,再用水浇,筑起了冰坡。我们就在冰坡上放大爬犁,搬上去,放下来,搬上去,放下来……左邻右舍的几个女孩子也和我们一起放大爬犁,真开心啊!

但是后来我们发现,还是钻稻草垛最好玩。

一

那是大孩崽最先发现的，他胆子大，总能琢磨新玩法，发现新玩处。

冬天里，生产队里的大人们都忙着撸稻子、磨米、扬场……撸完稻子的稻草，捆成捆，堆成一个挨一个的圆形尖顶的草垛，远远望去，像一群小山簇立。草垛底部相对细，中间粗，当它们靠在一起时，下半部就自然形成了洞，那里是我们的窝，是我们的房，是我们游戏的天堂。

有哮喘病的三太爷干不了重活，生产队便让他看管场院。他挺负责任的，从不让我们这些小孩进场院的大门，即便我是他的重孙子，也毫不例外。我们自有办法，便翻石头围墙跳进去。他偶尔发现了我们，会去撵。我们正好在草垛群里和他捉起了迷藏。他根本找不到我们，反倒累得气喘吁吁。他知道我们这帮小孩儿偷不了粮食，也拿不走稻草，后来就睁只眼闭只眼了。

为了不让大人发现我们的小秘密，伙伴们每天早饭后不用会齐再走，这样目标太大。我们默契地在稻草垛群里会合。大孩子们都上学去了，正是我们小孩子们尽情玩耍的好时光。

草垛下面虽有空隙，但并不是连通的。我们一边玩，一边像耗子打洞一样把堵的地方拱开。当所有的洞窝连在一起时，我们很有成就感，我们想象这里可以上演电影《地道战》了。我们在里面追逐、打闹、玩各种小游戏；但最常玩的是藏猫猫，这次玩一个人藏大家找，下次玩众人藏一个人找，大家泥鳅一般钻来钻去，藏来藏去，有时藏的人和找的人撞到了一起！"哈哈哈……"

欢笑声飞上了天。

二

那天上午，风干冷干冷的。我们疯闹了一会儿，额头都冒了汗。一阵寒风吹过，身上都瑟瑟发起抖来。我和大孩崽、小波三人，钻到一个相对宽敞的草房子里避风，喘气歇会儿。

大孩崽说："今天真冷啊，我们烤烤火吧！"说着从衣兜里掏出了火柴。

我说："着火了怎么办？"

他说："没事！"说话间他已划着了火柴，点燃了手里的一把稻草。不料，洞口猛地刮来一阵风，那火苗瞬间飞上了草垛，我们都没来得及反应，已燃起了熊熊大火……

我们仨像受惊的兔子，慌忙从草房子里蹿了出来。此时，大人们也发现了火情，我眼见王树雁大伯手拿木锨，从草垛上飞身过来，一边"飞"一边高喊："着火啦！救火啊——"

大人们纷纷向着火的位置奔去，我们仨却慌慌张张地往外逃，心想：这下完了！我们仨连惊带吓，失魂落魄一样，不知该去哪里。

三

家是没脸回了，也没胆儿回了，就朝着家相反的方向走吧。走一段路回头看一看，那滚滚的浓烟，仿佛比任何东西的分量都重，沉沉地压在我们的小心脏上。就这样一直走到村东边公路,来到熟悉的太子河桥头,不能再往东走了,再走就看不见家,看不见那浓烟了,心里会更着急,就在桥头的护坡上呆呆地坐下来。

村里场院起火了,几个小孩儿却不见了,急坏了我妈(爸爸在邻村的饭店上班,此时还不知家这边发生了什么)。她便和金叔、邻居石玉淼几位大人开始找我们。有村里人说着火时见我们几个小孩往外跑,猜测是我们放的火。

我妈他们几位大人就更着急了:"一定是这事吓着孩子了。"在村子周围漫山遍野地找,从上午一直到傍晚,天已经擦黑了,才在桥头寻到了我们。

妈妈和大人们领我们回家,并没有责骂我们。回家要路过场院北边的村路,我看见县里来的消防车停在路中央,正向场院里不停地喷水灭火。大火已被扑灭,却仍有地方冒烟,像刚刚打过仗的战场,变化太大了!大人小孩儿都在那卖呆儿,我怕他们责问我,头也不敢抬,一路随着大人灰溜溜地往家赶。

到家后,见爷爷坐在炕里,只是冲我嘿嘿地笑;奶奶最心疼我:"孙子,饿坏了吧?快吃饭吧,火都扑灭了,不用害怕,没事儿了哦!"

第二天上午,爸爸带我到生产队队部,去见县公安局的人。一见到警察叔叔我更加紧张害怕,有位年轻的警察叔叔便主动抚摸我的头,拿出糖块给我说:"小朋友吃糖吧,不用害怕,你把事情经过和我们说一下,没事的哦!"我忐忑不安地把着火的经过说了一遍,还带他们在生产队队部的门洞下,找到了大孩崽扔掉的那盒火柴。警察叔叔似乎很满意,不停地夸奖我。我高度紧张的心情稍微放松了些。最后,他让我用右手食指在他记录的纸上摁了个红手印,我不明白那是什么意思。

爸爸还向生产队的干部表达了深深的歉意,就带我回家了。

四

我奇怪的是,邻居小龙平时天天和我们在一起玩,那天惹祸他却没去。

后来他跟我说,那天他因肚子疼就待在家没去,忽然听说场院起火了,也不知谁放的火,就站在我们房后的那口老井边,向场院方向张望。他说三奶也站在那口老井边,见她破口大骂:"谁点着的火啊? 真是作死啊! 这一冬天的,人和牲口吃什么呀!……"

小龙说自己好信儿,就往场院那边走,看到全队的社员,还有中小学的老师、学生,全在忙着救火……有一个挨一个用脸盆和水桶运水端水的,有一个挨一个搬运冰块的……附近的几口井水几乎全都用干了,总算控制了火情,没见烧到场院外的房子和柴垛。他站在那里卖呆儿,被正在组织学生救火的他爸(赵老师,我叫四爷)发现了,上去就给他一个耳刮子:"滚回家去!"小龙吓得赶紧跑回了家。

几天后,赵桂清大叔来了,把我惹祸那天,丢在稻草垛里被火烧得只剩下残壳的那顶棉军帽,交给了我爸。那帽子是在牡丹江当兵的老叔送给我的,是所有孩子都羡慕的那种。那个被大火烧过的棉军帽,放在我家仓房里好几年,它成了那场大火留下的"纪念品"。每次见到或提起它,长辈或伙伴们,常会拿它取笑我,而我的心情总是轻松不起来。

听大人们讲，那场大火虽没有烧到粮食、场院外的房屋和柴垛，还是影响到了社员们一年的工分收入。我是属马的，最喜欢马了，可这个冬天，因为在大火中失去了一部分稻草垛，生产队里的大马小马，连同牛羊们，肯定不会像以前那样吃得那么饱了。一想到它们在挨饿中度过整个冬天，难过、内疚、懊悔等种种心情，便如浓烟升腾在我心的天空，久久挥之不去。

然而快乐又烦恼的童年，还远没有结束……

燕　事

　　春天来了。没错，春天来了，屋檐下的冰溜子已经化尽了，柳梢儿返青了，院里那头老雨牛的叫声也抬高了些嗓门儿。

　　对于出生在这栋草房子里的我来说，燕子回来了，才是春天的真正开始。

　　燕子们什么时候回来的，没人留意，它们不知不觉地汇入了日出而作、日落而息的农家生活里。就像出了趟远门的亲人，又回到了家中，甚至不用和家里亲人打声招呼。

　　家里大人小孩儿对它们的归来，也仿佛习以为常，没受到一丝的惊扰，一切照常。

　　爸爸妈妈照常起早下地劳作，奶奶照常佝偻着身躯，在厨房里忙碌着，添水、点柴、备面……奶奶准备为全家人攥汤子条的早餐。

　　灶火起势，炊烟四溢，开水沸腾，奶奶一边攥汤子条，一边用瓢里的凉水调控着锅里的开水，保持在开与不开之间。奶奶的额头不停地淌汗。

我在灶口添柴，妹妹拿来毛巾帮奶奶擦汗。

满屋子里充盈着炊烟、热气和奶奶的汗水。

燕子们很习惯这些人间烟火，照常从窗子、从房门飞进飞出。照常衔它们的泥，筑它们的巢，絮它们的窝。

有几年，燕子把巢筑在了房梁上，居高临下，俯瞰全家，仿佛成了这栋房子的主宰。后来又把巢粘在灯线的顶部，看得出，它们总想用自己的作品，装饰这栋草房子。

它们何止装饰了这栋草房，它们还装饰了整个春天。

它们甚至比房子里住的人更熟悉这栋房子，早已和这栋草房、和全家人、和整个春天融为一体。

我一天除去外出上学、玩耍，不时地会抬头观察它们衔泥建房，结婚生蛋，孵育成雏……

小燕子们的出生给全家人增添了喜庆。看几只小燕子喳喳叫，急切地张大黄嘴丫等待燕妈妈喂食，这和自己小时候哭闹着让妈妈喂奶的情形有什么区别吗？

小燕子很快出飞了，它们本能地简略了成长历程，简略我们小时候磕磕绊绊的爬行到行走，出巢即飞翔，尽管一开始它们飞得不远。

院子里的燕子一下多了不少，它们爱在晾衣线上列成一行，叽叽喳喳，是大燕子在给小燕子们上课，传授捕食的技巧？还是共同庆贺小燕子们的成年礼？

我好想参加它们的活动，可任我靠得再近，它们也不理会我，无视我的存在。

我被激怒了,耍起了孩子脾气,想搅它们的局,随手从地上捡起一根木棍,向晾衣线上挥去……

燕子们迅捷飞走,一只小燕子被我击伤落地,扑啦啦,扑啦啦……怎么也飞不起来了。

它挣扎了好久。我把它放在手心里,多么想帮它疗好伤啊,可它最终还是死去了。

我犯下了滔天大罪,万分悔恨……我默默祈祷,希望它能起死回生。

我手捧着小燕子,穿过那片美丽辽阔如油画般的稻田,我无心听蛙鸣,看鱼游,全部的心思都在这小燕子身上。

来到太子河岸边,我选了一块理想之地,又选了几块光滑平整的扁石头,我为它砌了个棺材。

一个小男孩为一只小燕子,举行了隆重的葬礼。

犯了这么大的错,我哪有脸和家人说呢,晚饭没一点儿胃口,早早地钻进了被窝,却久久难以入眠。外屋梁上失去一只小燕子的燕巢里,也一定是一个伤心的夜晚。

那天晚上,我梦见小燕子被我打了,并没有伤着,它只是趔趄了一下,接着就飞走了。我一再追问两个妹妹为我作证:"这是真的吗?""是真的!你去大河边为小燕子做葬礼才不是真的呢,是你做梦梦见的……"大妹妹这么一说,我心里安稳多了……

为什么人到中年的我,时常会梦到燕子,想起燕子。或许是因为童年的那个不可饶恕的罪过,或许是因为一路走来,燕子们不但没有怪罪我，还为我留下太多的美好记忆。

燕子的形象永远漂亮干净，羽毛永远光洁油亮，白衬衣黑西装，优雅的绅士，高洁的舞者，激活了人的想象力，最高雅绅士的服装从此叫燕尾西服。就连人类的体操动作里，也有它的影子——燕式平衡。

虽说"燕子低飞要下雨"，可燕子飞翔特别是轻掠水面的姿态，是铭刻在记忆相册中的经典动作。

它在撩水洗尘中，依然展示着永恒的美。

燕子有些像家禽，但它与人的特殊亲近感又有别于其他的家禽。燕子只吃人们讨厌的害虫、飞虫，从不与人争利。它不用人帮忙，主动把自己的家安在人家里，或安在屋檐下。家禽家畜对人类的服从、与人类的情感，靠一步步驯化培养，而燕子是不请自来，"燕藏春衔向谁家？"把人感动得不知说什么好，都认为有燕来家筑巢是吉祥之兆。

流传久远的九九歌谣中，"七九河开，八九燕来。"无疑是熬过漫长冬季的北方人最爱听的一句。把燕子与节气连在了一起，寄托着人们对美丽春天无限美好的憧憬。

燕子成为春天的象征和使者。

最美的事物，常常是诗人灵感的源泉，何况是人们无比喜爱极富灵性的燕子。细品一品这些诗句："几处早莺争暖树，谁家新燕啄春泥。""燕子不归春事晚，一汀烟雨杏花寒。""细雨鱼儿出，微风燕子斜。""无可奈何花落去，似曾相识燕归来。""旧时王谢堂前燕，飞入寻常百姓家。"

燕子借诗呢喃，诗借燕子赋魂，灿烂生辉……

捕鱼记趣

下浮挂子

说到挂网,也叫丝挂子、挂子,是大江南北通用的捕鱼方式。挂网用很细的丝织成,网的上部等距拴上浮漂,下部等距缠好铅坠,下到河湖中,由网眼大小决定了捕获鱼类的大小不同。

挂网一般下到水流较缓的水域,随着铅坠在水中落地,基本固定不动。在太子河流域,满族先人们对此做了改进,做出一种浮挂子,将浮漂换成更大的,同时减少铅坠的数量和重量,这样挂网就漂浮在水深的上部,扩大了捕鱼的区域,捕获的鱼种也不同了。

小时候父亲和叔叔们带我下浮挂子,每次我都异常兴奋,因为浮挂子展开后,人要跟进浮挂子一起顺水流向下走,每次挂住的大都是游在水面的嘴呈钩形的马口鱼。马口鱼普遍个头较大，力量足，只要它一撞上网，总是弄出很大的动静，要么鱼漂不停地剧烈晃动，要么噼里啪啦水花四溅，跟进的人迅速蹿过去将它制服或直接摘到鱼篓里，而当几个马口鱼同时挂网时，护网的人就显得应接不暇、手忙脚乱了。我们小孩子此时经常会帮倒忙，有时不但没有把鱼制服，反倒把它弄跑了，虽然大人们并不责怪我们，可自己还是懊悔不已。

下浮挂子对水域要求高：水流不能太急，也不能太缓；不能太深，也不能太浅，更不能有大石头或树根等障碍物，每次都要提前清理，否则会把挂网挂住，处置起来就很麻烦了。

不过只要细心准备，大家动作快，配合好，每次收网后总会有所斩获，看着鱼篓里清一色、白嫩整齐的大马口鱼，心中甚是欢喜。

毛 钩 钓 鱼

现在一提钓鱼，无论渔具还是垂钓的各个环节，都越发讲究了，已发展成为一种专业的休闲运动。

而在太子河流域祖先留传下来的钓鱼法，总体上习惯以鱼钩来区分，分为笨钩和毛钩两类钓法。笨钩就是指鱼钩上装鱼饵的常规钓法，而毛钩则是运用仿生原理，将鱼钩仿制成蚊子的形状。

制作毛钩一般要取公鸡尾羽和颈羽最艳丽的小羽毛：先用红色、绿色、蓝色等鲜艳的绒线将一小根尾羽毛缠在鱼钩上，仿出蚊子的身躯；然后再用很细的铜线将公鸡颈羽一小根羽毛缠到上面，让小羽毛翘起来,达到像蚊子张开翅膀一样的效果,毛钩就做成了。我小学同学刘国富的哥哥刘国义,心灵手巧,当年是远近闻名的制作毛钩的高手,乡亲邻里钓鱼用的毛钩几乎都出自他手。

一副鱼竿通常在鱼线末尾部分等距拴上四到五个毛钩。一般在水流较急的水域,人站在上游,用鱼竿将鱼线顺着水流拉起来之后,几个毛钩就会自然顺着水流浮在水面。钓鱼者手腕稍加一点儿抖动,毛钩一下子仿佛有了生命,会像蚊子一样在水面上一跳一跳的,鱼以为是蚊子在水面戏水,很容易上钩。

童年的夏日几乎每天都要下河,或游泳,或捕鱼,时不时也喜欢钓钓毛钩。

记忆最深的是刚上大学那年放暑假的一个下午,我实在按捺不住钓鱼的瘾,赶在夕阳下山前,穿上水靴,带着鱼竿、鱼篓,一个人来到太子河桥上游五百多米远的那处熟悉的水流较急的浅滩。

傍晚时分,正是白鱼出来觅食的时段,很爱咬钩。我立在浅滩上游,向太子河桥方向望去,只见西边燃起了火烧云,映得水面金灿灿的,耳畔伴着哗哗的流水声。我甩出鱼钩,自己的注意力立即从外界的声影中转到四个毛钩上,手握鱼竿在水面上不停地匀速拉动鱼钩,很快就有鱼咬钩了。鱼咬毛钩的感觉和其它钓法是不同的,每次咬钩几乎水面都有水花,手上都有很强烈的感觉,很刺激,仿佛鱼不是在咬钩,而是在咬碰你的手。因为毛钩偏小,钓起来的鱼偶尔会出现脱钩现象,再加上你立在水中央,要很熟练地把鱼线捋过来,迅速将鱼抓住、摘钩,放进挎在胸前的鱼篓里,这一过程稍有不慎,鱼就会掉进河里。钓起来的鱼跑了,白兴奋一回!此时,就在心里提醒鼓励自己:不要紧,从头再来。

美好的记忆总是那么深刻，那天不到一小时的工夫，我钓上了三十多条白鱼和红翎子。

一晃已有二十几年没钓毛钩了，我很期待着再玩玩毛钩！

下倒心捂子

小时候看到村里的几个捕鱼的老户，每年都下捂子捕鱼，"捂子"在家乡话中被读作"wùzi"。捂子是用柳条编成形如海豚的、流线形状的捕鱼工具，编得好的像件艺术品，《诗经》中称类似的捕鱼工具为笱，又称为罶。"海豚头"的一侧是宽大整齐的"大口"，关键在"大口"的位置还要向内编出个很讲究的"小口"，也就是进鱼的洞口，家乡人俗称"倒心"，也隐含有鱼进口容易出口难的意思。捂子的"海豚尾"端是个活口，捕鱼时用绳子系紧，待收捂子取鱼时，要打开这个活口取鱼，如再下捂子就重新扎紧活口。

三叔年轻时是编捂子、下捂子的能手。5月初柳条发芽了，他到河套细心挑选，割回来一些粗细长短差不多的柳条，编捂子的外围，选用细的柳条编倒心部位，用硬一些、粗一些的曲柳条或柞树条做几个圆形的框架，在内部做支撑，再用细铁丝绑联起来，防止有过粗的漏洞会漏鱼，尾部留个活口。

眼见他一步步把捂子编成了，你会情不自禁地萌生跟他一起去下捂子的冲动。

下倒心捂子，一般在水流较急的河汊，先用石块垒出一个八字形的小水坝，把捂子放在小水坝的喇叭嘴处，捂口朝向水流下游，用石块压好。下捂子主要是针对鱼的活动特点,专门捕逆流而上的鱼群。每天傍晚下捂子,第二天早上起捂子,常常会收获各种各样的鱼。

"五一"过后,水温上升,鱼开始游动了,捕鱼人也开始下捂子了。春夏季大多鱼种开始向上游动,寻找交配繁殖地,经常能捕到柳根子、白鱼、鲫鱼、鲤鱼、马口等浮鱼,偶尔会捕到珍贵稀少的重唇鱼。瞎胖头、沙糊噜子不好动,爱在卵石底下产卵抱窝,等入秋产完卵开始游动,多会捕到它们。

如今,已没有人编织和使用原始的倒心捂子捕鱼了,改成了机械化生产的、由丝线织成的、我下文要提到的地笼子。我写下这段文字,是美好回忆,或许是永远的纪念……

蹾 胖 头

瞎胖头也叫瞎疙瘩、大头鱼,学名杂色杜父鱼。此鱼以小鱼虾或其他水生昆虫为食,习惯在水温较低的、有沙砾或卵石水域生活,喜欢待在卵石缝中,或石头底下它自己掏的洞中,不易被发现。

太子河流域流传的"蹾胖头"的钓鱼法,就是针对它们的习性,用较大的普通鱼钩,紧挨鱼钩上端缠上几个铅坠,以腌制的咸腊肉作鱼饵,在瞎胖头藏匿的石头群里,选准一个地方放下鱼饵,用鱼竿轻轻地、不停地一蹾、一蹾……目的是让咸腊肉味很快在水中扩散开去,吸引瞎胖头咬钩,"蹾胖头"的叫法由此得名。

一旦有瞎胖头嗅到了鱼饵上咸腊肉的味道,就会从石缝中游出来，很快咬钩。瞎胖头行动诡秘，动作迅猛，一旦下口咬上，很少脱钩。

瞎胖头肉质十分细腻、硬整，味道非常鲜美，鱼刺又小，是家乡人餐桌上的最爱，尤其酱焖瞎胖头称得上是家乡的一道名菜。听老叔讲，家乡现在卖的河鱼，属瞎胖头最贵，二十元一斤，沙糊噜子十到十五元一斤，其他的鱼四五元一斤，到了冬天瞎胖头会涨到五六十元一斤。

下地笼子

地笼子在我小时候没见过，近年来渔民们广泛使用。它捕鱼的原理和倒心捂子一样，只是现在织网已实现机械化了，制作地笼子已变得不再复杂。

地笼子长约十米多。中间近八米左右是长方体，每半米多便在外边固定一段竹坯子或木条支撑，并在左右两侧均匀交替地设置入口，每个入口都像一个大漏斗，开口大末端小，从里面看就是一个倒心。两侧对称的两米多是圆台状，里边每近半米便有一个圆形铁丝圈支撑，越靠近末端口儿越小，也就没有支撑的铁圈了。两端是活口，捕鱼前将活口扎紧。捕完鱼，在岸上将活口打开，把捕获的鱼倒出来。

我一位堂叔家里有六副地笼子，他平时捕鱼基本不用别的渔具。下地笼子和倒心捂子相比更简便灵活了，选择的水域更广，只要水流不太急、鱼群活动多的地方都可，唯一多一个环节就是为了吸引鱼入笼，要放入羊骨等诱饵。

地笼子沉入水底，因此它捕获的鱼以在水底游动的鱼类为主，比如，瞎胖头、沙糊噜子、嘎牙子、柳根子、鲇鱼、鲤鱼等，都能网到。

捕的鱼多了，堂叔就砌了个鱼池，将瞎胖头、嘎牙子、鲇鱼等耐活的鱼，放入池中养起来。活鱼更能卖出好价钱。等到城里亲属回来了，堂叔就捞出活鱼送给他们分享。

每个生活在河湖边的百姓，都是一个或半个渔民。每个从小在河湖边长大的人，都有捕鱼的故事。

每次回家乡，老叔最能理解我们的心情，时间再短，除了让老婶提前备好，让我们饱餐一顿最可口的家乡饭菜，其中当然少不了一道值班菜——酱焖河鱼，他还总是先提议："吃完饭咱们挂鱼去！"我和妹妹、妹夫都是乐颠儿地响应。不是为了捕多少鱼，就为享受捕鱼过程那无穷的乐趣，一下子把你的身心带回童年的感觉。

致母校的一封信

尊敬的金秀云校长：

您好！

今天十分冒昧地给您写信，请您见谅！

我于 1981 年、1982 年曾在母校学习，刘兴富、邓纯喜、孟晓、刘忠恕、孟铎、王慧文等多位老师都曾教过我，都是我的授业恩师。1982 年我考高中时，差了几分。当时的学校领导和老师马上想到我是"三好学生"，按当时的政策可以加分，便积极为我争取，最终按当时的政策给我加了十分，我得以顺利升入新宾高中。

没有母校就没有我的今天，恩情刻骨铭心！

随着年龄阅历的增长，我对家乡、对母校更加感念，我为家乡的每一个喜讯、每一点儿可喜的变化而感到高兴、骄傲和自豪。当然，有时也为家乡和异乡比，不尽人意的地方而着急，内心深处总希望自己的家乡越来越好。

新农村建设的号角已经吹响，绿水青山就是金山银山。家乡的山山水水，自然条件非常好，但一段时间并没有得到很好的呵护，山上曾经是浓密的"秀发"，可后来有些却渐渐地变成了"板寸头"；美丽的河畔风景，曾留下多少快乐的童年故事，可有的却变成了垃圾场……

我在延边工作了几年，看到那里的朝鲜族村庄干净整洁的村容村貌，我自然联想到了家乡……去了云南大理、丽江，看到那里的生态保护得那么好，我想到的还是家乡！我曾经和乡里领导建议，清理一下太子河河畔的垃圾，但并没有引起他们的重视。去年夏天，我和妹妹穿越家乡的夹坡沟，下山快出山了，看见一片玉米地里有一条山上流下来的清凉小溪，沿小溪再往下走，却见到一个水泡子里扔下好多农药瓶，再下面不远处就是太子河了。下夹河算是太子河的上游，那些农药瓶、还有医用垃圾等，汇入太子河，汇入下游的水库，水库就是下游的水源地啊！任何一个有良知的人怎么能漠视不管、任其发展呢？长此下去，太子河还是我们心中曾经的太子河吗？

我一直在思考，为什么就不能让家乡的生态环境变得越来越好呢？可惜我工作岗位在吉林省，自己实在无能为力，只能向真正热爱家乡的有识之士们呼吁，思来想去，我想到了母校，想到了孩子们，想到了您。

少年强则国家强。少年爱家乡，家乡有希望！希望您能带领孩子们成为保护家乡生态环境的主力军、急先锋，这对培养孩子们的爱国爱乡观念，增强他们的环境保护意识，进而带动孩子们的家人乃至整个家乡地区，都来保护生态、爱护环境，一定会产生深远的影响。

　　可否组织孩子们开展"当太子河小管家"活动，每周挤出两小时左右时间，组织孩子们清理一下河畔的垃圾？将保护太子河的意识一代一代传下去。有些不会造成二次污染的可以烧毁，但切记不要轻易掩埋垃圾。有些像农药瓶、医药垃圾等，可能需要集中起来，请专业回收机构来处理。如果你们能行动起来，建议事前进行认真的教育动员准备和分工，捡拾，装袋回收，运送，宣传报道……一定要注意安全，河畔的碎玻璃瓶特别多，孩子们捡拾垃圾时，一定要穿厚底鞋、戴上手套。只要坚持下去，一定会积小胜为大胜，希望能够从零做起，持之以恒，善做善成。这是件惠及长远、功德无量的善举。

　　关于宣传报道，有一点建议，作为学生们的社会实践活动，一定阶段可向每家每户送达一份爱护环境、整洁村容的宣传单；通往太子河经常倾倒垃圾的路段（包括东河沟），应在醒目位置设立警示牌，比如写上"请爱护我们的母亲河！"等内容。

　　我们不曾谋面，我却唐突地给您写了这样一封信，好多的话似有"命令"的口吻，多有不敬！请您谅解我的爱乡心切，不能自已。欢迎金校长方便时带亲友或师生们来白山作客，我一定尽全力接待你们！

　　祝您身体健康！工作顺利！阖家幸福！

　　祝愿您的学生们健康快乐成长！

母校学子　白山军分区赵连伟
2018 年 8 月 15 日

这里盛产友情

一

人活一世，谁离得开朋友？谁不渴望一生中有几个知心的朋友相伴？

假设一个人一辈子除了亲人，拒绝对外交往，拒绝友情地生活，可以吗？

理论上似乎也行得通。一个人可以一天到晚宅在家里，大门不出，二门不迈，全靠亲人供着、养着。按现在的时代，吃的穿的用的，都可以网购、叫外卖，完全可以这样宅着过一辈子。

可这个宅着的人，一天天吃的穿的用的，尽管都是亲人或自己挣的，但这些物品又是谁生产的、谁运送的呢？需不需要在内心里偶尔感激一下呢？

宅在家里总得上网、看微信吧，网络上难道也不交流吗？如果交流，那算不算是一种交往和友情呢？

或者宅在家里，读了一本书，被书中主人公的际遇所感动，寂寞的心，是否对主人公产生了一种特殊的情感波澜？是否对作者产生了一丝敬意和谢意？

还有，家里偶尔来了客人，能从不露面，从不打招呼吗？还有天天送货上门的外卖哥，他（她）取东西时，自然要和外卖哥打个照面（假设亲人这天没在家），那也总得说声谢谢吧？

看来，人的一生没有交往，没有友情，不说生存不下去，至少这样的生活不可想象。

二

我曾先后在几个城市工作生活，每到一个新的城市都期待结缘新的友情。很幸运，尽管我后来陆续离开了一个个城市，但因此结下的友情，却千万里一直追寻着我。

我也渐渐学会了比较，我有一种感觉，友情的浓度往往与一座城市的体积成反比。

我刚到北京学习工作那几年，在友情方面，对京城抱有期待和幻想，对于京城里新结识的朋友，我很看重，是捧着一颗真诚的心与他们交往的。

当我离开京城时，发现真正存留下的友情并不多，当时的称兄道弟，好多是利益和酒精度数的驱使。我从此对大城市的友情纯度产生了些怀疑。每次推杯换盏,碰杯表白,我偶尔会想到,那豪情激荡的酒水里,不知又勾兑进了什么?这友情的酒劲儿能持续多久呢?

一位同学讲给我他亲历的故事,让我对大城市有些人的交往观不敢恭维。一次,生活在中等城市的他,接到某大城市里一位好友的电话,求他帮助接待几位大城市来的朋友。他愉快地受领并热烈欢迎。朋友们来了之后,他有吃有喝有玩地用心接待了近一周后,把这伙朋友非常开心满意地送走。几天里,特别是席间,一定不乏"下次来××一定告诉我一声!我请你!"之类的豪言壮语。事有凑巧,当天他忽然接到上级通知,让他马上去那大城市开会。又凑巧,他订的机票竟和这伙返程的大城市来的朋友是同一班飞机。当他上了飞机,彼此再遇见时稍显尴尬,他连忙解释说:"刚接到上级通知,让我去××开会……""噢,噢,去开会,噢,噢……"几位大城市的朋友就这样与他寒暄了一下。才几个小时刚过,他们之间由酒桌上激情碰杯的哥们儿,一下变成了飞机上几乎不认识的陌路。从此,再无语言上的交流,更无行动上的表达……

当我去年再次来京学习生活时,我似乎是以"观察员"的心态来看待和审视结交友情的事了。我想看看大城市的人到底怎样交朋友,他们想交什么样的朋友。我也暗笑自己的心态,是我知多世事胸襟阔了,还是我阅尽人情眼界宽了呢?

三

还是穿过那几座城,来拥抱一下白山的友情吧。

当我人生的脚步,在友情的簇拥下,逗留了几座城市,最终落脚在白山时,自然对友情有了更多更深的感悟。

前些年,如同生态环境遭到严重破坏,友情的生态环境也被不同程度地污染了:有的唯利而交,有的唯钱而交,有的唯官而交,已严重玷污了友情这个词的纯洁内涵。

好在白山的友情生态,如它的自然生态一样,没有受到很大的冲击和影响。这山里的人,像山一样纯朴,没有大城市里世故功利的杂念;像水一样纯净,一眼就能看到底,能互相滋润,让人放心,心灵总能得到休息和放松。

是因为这里的民风厚重得太固执?是因为这里交通不便太闭塞?还是因为这里山高林密挡住了外界的八面来风?

总之,生活在这里的人们,还是喜欢每天晚上约几个朋友,喝点儿小酒,砸个地摊。然后,不管醉与不醉,还是争着抢着买单。人与人相处,还是那样实实在在,纯真质朴,哪怕是轮流的提酒词——本是忽悠感最强的话语体系,在这里,每次让白山人讲出来,听起来也如这里的人一样朴实自然不虚飘。朋友之间,大事小情,请客随礼,该到场的一定到场,从不落过。

沉浸在幸福中的人们很少谈论幸福指数的话题,因为一天又一天,一年又一年,他们都是这样度过的。

如果他们通过一个机缘和你结识了,觉得你可交,就会主动加你为好友,下次张罗酒局时就会主动约你,不为了什么,就想交你这个朋友。

那年,因为作家诗人走边防,我和几位白山诗人结缘;我业余时间喜欢写作,渐渐地,我与白山市的几位作家愉快交往;我开始喜欢上太极拳，定会有太极拳老师陆续走入我友情的视线。

人与人交往，一旦植入功利性、目的性要素，有太多的顾虑和防范，有了相聚前的心理距离，似乎已决定友情的列车不会驶得太远。

与白山的朋友交往，就像长白山区丰沛的雨水一样，缓缓地长久地滋润着你，你的友情从此风调雨顺。旱了，友情的绵绵细雨就来了；涝了，你可以暂时关紧一下友情水库的闸门，歇息几日，朋友们也绝不会责怪你。

友情的岁月里，总有无数的感动令你终生难忘。比如，今年春节七天长假，好友三次请我到他家里，把我当家人看待。今年十一，我的两位大学同学来白山看望我。白山的一位好友得知后，给予最高礼遇，专门在家中宴请，新朋故友欢聚一堂，令我们倍受感动。

四

友情的浓度，激发了我思考的深度。我在想，两个人，由萍水相逢，到相知相交，这里面到底蕴蓄着怎样的前世今生呢？

其一，命里相遇。前世五百年的回眸才换来今生的擦肩而过。命中注定，两个人能相遇结缘。

其二，品德相似。两个人，都是有良好品德修养的人，才会惺惺相惜，彼此欣赏。

其三，志趣相投。相同的、高雅的志趣爱好，常常是朋友能走到一起，且友谊长久的坚固纽带。

其四，魅力相吸。真正的好朋友，并不一定总在一个城市，他们彼此之间有一种神奇的、如恋人般的吸引力，友情不会因相距遥远而衰减，不会因岁月的淘洗而淡化，友情的魅力在时空的转换中更加熠熠生辉。

其五，环境相助。如果你生活工作的地方，有着滋养友情快乐成长的气候和土壤，那该是多么幸福的事啊！

白山就是一个适合交朋友的地方，是一个能交到真朋友的地方。

五

呼吸惯了长白山清纯的友情空气，偶尔能感受到大城市里友情空气质量的瑕疵。

毋庸讳言，大城市里的朋友，有的见多识广，有的情商很高，有的人脉极广。但也有的爱居高临下，朋友相处，已放不下那多种因素构成的心理优越感，抑或是官僚作风。

对于我认为够朋友的，我会毫不隐晦地善意提醒，学学白山朋友的纯朴劲儿，实在劲儿，朋友之间平等相待。

我想真正的朋友，是要真心地为朋友好，有时善意的提醒甚至批评，是必须的。"难得是诤友，当面敢批评。"

真正懂友情的人，并不总是接受友情，必然总会想到付出和回报朋友，能为朋友做点儿什么，哪怕是主动张罗一个朋友快乐相聚的酒局。

我能为白山的朋友做点儿什么呢？我愿做我们之间友情的耕耘

者和记录者。我想写几篇关于白山朋友的散文。我想告诉大家：白山有最清新的空气，有最清纯的山泉水，也有最掏心窝子的真诚友谊。

细想想，这些都是免费的，但却是你在许多地方花多少钱也买不到的。

我还想告诉大家：这里不光盛产森林，盛产矿藏，盛产人参，盛产山野菜，盛产蘑菇，盛产矿泉水……还盛产友情。

院 中 风 景

我在白山工作生活的院落，坐落在星泰桥东，浑江南岸，一百五十米长，九十米宽。我越来越喜欢这座院落，因为这里有都市里少有的别样风景，如诗如画。

大 葡 萄 树

院子里有一棵大葡萄树，听老同志讲，是1988年一位老领导栽种的。葡萄藤向南北方向延伸，有二十多米长，结的葡萄粒比山葡萄稍大一点点，成熟时间比较早，8月份就开始上色了，味道酸甜。向园艺师傅打听，这种葡萄叫贝达野葡萄，是用山葡萄嫁接改良的品种，特点是产量高，耐寒，冬天不用下架。

进入4月份，春意萌动，沉睡了一冬天的大葡萄树也慢慢苏醒，开始返浆、发芽、伸展……渐渐地露出了小葡萄的雏形，仿佛是在子宫里刚刚形成的胚胎，只不过它裸露在外。从此，你开始见证它从小到大的"十月怀胎"，一天天成长，直至上色，完全成熟了。

它成熟分娩的标志是，变成了你的腹中之物。

这棵大葡萄树像一位超能的母亲，连年生产，连年高产，从不停歇，每年都能产一百多斤葡萄。它的主人会把一部分葡萄酿成葡萄酒，送给好友分享，还赋诗一首：

> 秋枫紧把月光催，缘起一年景绪回。
> 贤弟眼含一片绿，仁兄襟纳万般辉。
> 葡萄熟透应佳酿，朋友处深要碰杯。
> 今夜开怀须畅饮，管他外界是与非。

经过霜打的葡萄，更是别有味道，如同苦尽甘来后的人生，同甘共苦后的爱情，久经考验后的友情……鸟儿尤其喜欢这种味道，时常来分享美餐。侦察能力超强的打野食儿的各种山雀，时不时也会像稀客一样光顾这棵大葡萄树。大葡萄树常年静静地卧在那里，等待八方来客，有的一面之缘，彼此感觉不错，或许就变成了老朋友。

一场大雪过后，大葡萄树被雪覆盖。它似乎完成了一个轮回的繁殖葡萄、供养生灵的任务，开始冬眠长睡。

我在院子里生活的这五年，与其说是我陪伴这棵大葡萄树，不如说是它一直在陪伴着我……

杂　树

院子里散布着六十多棵高高低低的树。

东北的冬季偏长。寒冬时节，除了松树、杉树、柏树是绿的，其余的树落光了叶子，总给人一种萧索单调的感觉。在南方生活的人或常去南方的人，来到东北，最大的反差是眼中缺乏绿意。不过如果你常年生活在东北，仔细体味相较于南方茂盛常绿的树木，东北的树木其实呈现给你的，是一个完整清晰的、慢镜头般的四季轮回。

漫长的冬季，树木同样进入冬眠。而当冰雪融化、春风吹来时，树木会慢慢苏醒萌芽，上色着绿。那绿意从无到有，由小渐大，由浅入深。当天气晴朗，气温升高，枝头的嫩芽每天都会以自己的新变化，感染你的好心情。

当我期盼已久，某一天早晨惊见樱桃树满树的蓓蕾，终于有一朵绽放了，那是怎样的惊喜啊！而你第二天早晨再看那棵樱桃树时，已是：昨日一花开，今晨百花绽，是更大的惊喜！

此时，院中的树感动了我，我开始更加用心关注它们，我开始回味：那春芽的娇嫩与顽强，那夏花的繁盛与张扬，那秋叶的绚烂与苍凉，那冬枝的雪影与蕴藏。

我开始品味院子里，樱桃的灿烂，丁香的记忆，葡萄的伟大，云杉的高傲，油松的风骨，稠李的繁华，垂柳的旺盛……

鸟　巢

　　是南迁的鸟儿闹钟般早已定准了归期，还是初绽的花香引来了鸟语蜂舞？反正，大家都明白，春天来了，尽管长白山的春天来得晚，可一旦春的序幕拉开，各种角儿便不再羞羞答答了。

　　这几天，在院子里，最先看到燕子轻盈矫捷的身影，还惊奇地听到有鸟家族新成员清脆婉转的叫声，它们不知经过多久的长途飞行，终于精准到达它们北方的家。想到这，我心里涌来一丝欣喜，真为它们高兴！

　　在我们院子南侧的楼檐下，共有四个燕子窝，归来的燕子难掩心中的喜悦，欢叫中尽情地嬉戏翻飞，兴奋之余，已开始衔泥修巢，装饰它们的新家了，不久就会诞生四窝燕宝宝。燕子的故事，或许远比我们想象的传奇、浪漫……

　　院前树丛中，那棵大山里红树上，茂密的树枝中有一个极其隐蔽的小鸟巢。我曾这样赞美它："当秋叶纷纷告别了枝头，却留下一个硕大的果实，它已着手孕育春天的归期和满院的欣喜……"春天早已来临，只是我至今还没侦探到它的主人是否归来。或许早已归来，它怎么会让我发现呢？

　　院子东侧的住宅楼上有一座手机信号接收塔，谁会想到把自己的家安在六七十米高的塔架里——那对常在院子里栖来飞去的聪明的喜鹊想到了！

　　它们为什么把巢筑在那么高处？转念想，习惯在陆地上生活的人类，怎么可能具有整天在高空翱翔的鸟类的视角与眼界……

　　至于十分隐秘地絮在犄角旮旯的那些麻雀窝，我祈福它们平安温馨，希望它们永远是个谜……

菜　园

院子里共有六块小菜园，每年春天，我们会栽种下茄子、辣椒、西红柿、黄瓜、芸豆、卷心菜、角瓜等各种蔬菜。白山地区雨量充沛，经过精心侍弄，要不了多久，就会瓜果满园。秋天还要种上大白菜，今年也不例外。

我蓄谋已久，想利用一小块菜地，种上各种鲜花。朋友已帮我准备好了花籽、花苗，我期待看到百花齐放的气象。

相对于一种花开，我更喜欢百花争艳！

每当我在院中散步，看着或悠闲、或机警的鸟儿，还有树上一天天伸展开的嫩叶，从零星的一两朵，直到满树绽放的樱花、丁香花、稠李花，我不禁浮想联翩，面对这些美丽而旺盛的生命，感受着、想象着动植物们享受并沉浸在春天里的那种喜悦，我心生无比的感动与惭愧：

我为什么不能像鸟儿那样喜爱森林绿树？

我为什么不能像鱼儿那样喜爱大海江河？

我为什么不能像牛羊那样喜爱绿野草原？

与它们相比，我很惭愧……

留恋那课堂

9月22日上午9点,我坐在长春前往北京的飞机上。此时,我的吉林省第五届中青年作家班的同学们,正在课堂上听张清华教授讲最后一课。

这次培训学习的时间是七天。七天的文学狂欢,我享受到第六天。那晚,忽然接到在京住院的亲人病情加重的电话,我必须请假前去。此时的我,身在飞机上,却无比渴望我的灵魂,飞回课堂替我听课。

回想这几日时光,我和所有同学一样,怀揣着一颗追逐梦想的心,来到这神圣的文学殿堂。鲁敏等八位老师的精彩授课,如同附有神奇魔力的金钥匙,把我带进了瑰丽奇幻的文学王国。我被深深吸引,尽情遨游,流连忘返。无须谁来动员了,我的听课注意力高度集中,我的记录能力重回巅峰,心底深处一直有个声音在督促我：要尽全力，要尽全力，留存住这最美的时光。

多年来，我养成了一个习惯，认为重要的文字，一定要用钢笔书写。墨水从笔尖滑落纸面的过程，更能体现出我对文字的亲近和敬畏。这种人与笔的亲密交融，也更能契合甚至催生文思如泉涌的理想写作状态，在我的心目中，它才配得上与文学对话。而现在大量使用的中性笔用起来的感觉是，它同样会助你完成书写，但产生不出更多兴奋的情感火花。

于是，我提前备好了那支珍藏二十多年的英雄牌钢笔，用它来完成记录课堂上老师们的经典语录、文学秘籍、灵感火花的使命。开课的第二天晚上，我回长春家中取衣物，特地在同光路一家熟悉的文具店，买了一瓶老板牌蓝黑墨水。这样，我心爱的钢笔就不担心自己会缺水断粮，可以尽情地流淌、奉献了！

课堂上，我会偶尔观察一下我的左邻右舍，他们听课、记录都十分认真。我左边同桌李米的笔记，如她喜爱的儿童文学里的人物，每个字都各具形态，组合在一起却毫不违和，淳朴稚嫩浑然天成。我右边的于佳琪同学，在用一个大三星笔记本电脑做记录，他灵活地敲击键盘，发出极轻的"哒哒"声，不停地接收文学密电码。再瞟一眼其他同学，要么抬头听，要么低头记，专注虔诚的态度，令我感动。

为了方便同学们做笔记，文学院特地给每人发了一个黄皮笔记本，同学们对它爱不释手。这个笔记本除了封皮留下几个必需的文字外，再无其他，内页里是匀细纯白的纸张。这样的留白，意味悠长，又蕴含了文学院老师们怎样的期许啊！不少女同学，手捧着它坐在秋千上，依在大树下，站在长廊里，与那本子合影留念，她们以这样的方式向文学致敬，向文学院致敬……

听课中，我也偶有走神：这样的听课还能有几次？还能有几次与有缘人同学、同桌，尽享文学饕餮盛宴？这样的时间和空间还能再现吗？人生苦短，对于步入社会的我们，无论俗世烟火有多么绚烂，热爱文学必能让我们获得心灵的清欢。我们一手事业家庭，一手诗意远方，在喧嚣红尘中，与志趣相投的挚友相约前行。我们直面生活的磨砺，这得益于文学缓解了我们所有的疼痛。若现实是一堵粗糙干裂的墙壁，文学就是墙壁下长出的嫩芽，虽然柔嫩，却可以攀爬整座墙壁，开出或细碎或繁硕的花朵，招展在晴空下。我们的生活，因此温暖如初。

只有在一起听过课，才算同学；只有坐在你身旁的，才叫同桌。那一刻，我人在飞机上，心系课堂里。我尽可能地回忆着，想还原同学们在一起听课的场景，借神来之笔，挥毫泼墨，绘一幅友谊长存。

等亲人病情稳定后，我马上拜托、发动同学们帮忙梳理，于哲同学担起了主笔，众同学配合，画面一点一点晕染开来，由点到面，六十八学子雅集座次图终于绘完，了却了我的一桩心愿。

每一个瞬间过去，都不会重来，一如昙花。但是文学能将我们在一起的点滴化成永恒，点石成金！无论世事如何变迁，我相信，我亲爱的同学们，和我一样，一定会铭心刻骨：那年金秋，净月湖畔，一礼拜，一课堂，一群人，余生中最好的日子，我们曾在一起听课，清欢似花！

好想再一次一起听课，哪怕在梦里，也足矣……

老鄢饺子

岳母做的饭菜，家人亲属都爱吃，像红烧刀鱼、葱花鸡蛋、笨鸡炖蘑菇粉条、熬肉皮冻、拌凉菜……尤其她包的饺子，堪称一绝。

俗话说，好吃不如饺子。岳母包的饺子，好吃的秘诀在于拌馅儿。每次包饺子，岳母总是先精选食材，猪肉一定是选前槽部位的，菜蔬一定是本地新鲜的。岳母喜欢自己剁肉馅儿，剁好后顺时针搅拌，边搅边加适量的凉开水，搅好了，开始炸花椒油，油热了，把花椒捞出去，油晾两分钟后浇在葱姜末儿上，葱姜末儿的香味就沁到油里了。晾凉以后倒入肉馅儿里，再加入适量的盐、花椒面、生抽酱油，一块搅拌，饺子馅儿就准备好了。

岳母常包的馅儿，有猪肉韭菜、猪肉白菜、猪肉芹菜、猪肉酸菜、羊肉韭菜、羊肉圆葱。至于面，常年惯用的是内蒙古河套牌雪花水饺粉。

　　包饺子之于岳母，已不是简单的厨艺和重复的流程，看她期待的表情，娴熟的动作，让我总能感受到蕴涵其中的、认真庄重的一种仪式感。拌馅儿，拌入了岁月；和面，和出了亲情。

　　每当餐桌上摆满热气腾腾的饺子，亲人们全都甩开筷子，敞开胃口，饱餐一顿，边吃边赞不绝口。看大家吃得香，吃得饱，岳母就快乐而满足。一次，岳父边吃饺子边有感而发："东北沈阳有全国有名的老边饺子，咱们家有老鄢饺子（岳母姓鄢）！"

　　老鄢饺子，从此得名。

　　每当冬至、元旦、除夕、立春等传统节日，每当亲人团聚，或家里来了客人，岳母都要包饺子。随着岳母年龄越来越大，渐渐地，子女们越来越多地参与到包饺子中来，但老鄢饺子始终品质没变，品牌不倒。

　　去年秋天，岳母新添了心脏早搏的毛病。家人们征得她的同意后，送她进京治疗。

　　谁知天有不测风云，住院治疗期间，岳母突发脑梗，人一下子进入了昏迷状态！专家建议，立即实施介入取栓手术，但有下不了手术台的危险！家人紧急商议后，同意手术。

　　手术完第二天下午，按照医院规定的时间，亲人们一起来重症监护室探视岳母。探视时间为下午3点半到4点，只有半小时时间，且每次探视仅限一人。六位亲人，半个小时，我们轮流进去探视，隔着敞开的窗子呼唤她老人家，可她没有丝毫回应。亲人们的心绪被阴云笼罩着，孩子们忍不住抽泣起来……

　　探视，并没有探到岳母一丝的表情回应，我探到的是，生命是多么地脆弱，一朵鲜活美丽的生命之花，不给你心理情感准备的时间，就要凋零；我探到的是，病魔是那样的残酷无情，它可以让一个好端端的亲人，转眼变成危在旦夕的病人；我探到的是，一扇窗的距离是那么遥远，仿佛把自己与亲人隔在了阴阳两界……

探视，让我领悟到，人世间总会有这种情形，当你最想向亲人表达爱意情感时，上天却不给你这个时间，不给你这个机会了。爱，感恩，尽孝，珍惜拥有的……这些字词，对我来说，从此不再是轻飘飘无足轻重的几个汉字。

探视完的第二天早上，医院忽然传来喜讯：岳母醒过来了！

终于拨云见日！

岳母创造了奇迹，她的思维、语言表达很快恢复了正常。经过半年的康复治疗，她已经能每天走上一千多步了。她开始盼着早点回长春的家。

春节过后，一家人终于在长春团圆，仿佛经历了一场旷日持久的艰难抗战，终于迎来了胜利的曙光，过上了祥和安宁的生活。

看到岳母恢复得那么快，回到家里的高兴劲儿，做子女的倍感欣慰。但这场无情的疾病，还是从岳母身上夺走了很多。她或许再也不能像从前那样健步走动，她或许再也不能每天下楼与她的老伙伴们一起散步聊天了；她或许再也不能像从前那样，每天在厨房里为一家人开心充实地忙碌着，乃至包那属于她的老鄢饺子了！每每想起这些，我的心情无限感伤……

一个暖意浓浓的家庭，当灾难来袭时，必然会释放出巨大的、爱的能量。岳母已经成为家人关爱呵护的中心，一种格外温暖体贴的氛围始终萦绕在她的周身。她每天都很开心，她的病体在慢慢地抽丝向好。家人知道岳母爱包饺子，爱吃饺子，如今，岳母不能包饺子了，但家里包饺子的次数反而更频了。一家人在一起，包的是团圆，包的是温情，包的更是一家人的健康幸福。一位伟大母亲的自然衰老，往往意味着一串味蕾渐渐成为永远的记忆追忆；一位女儿的真正成熟，或许标志着那老味蕾的继承，以及一个新的美味菜系、新的味蕾记忆的建立和形成。

春暖花开，祈愿岳母的身体恢复得越来越好！祈愿她创立的老鄢饺子，在新老交辉中香飘永远！

探　视

一

姑父 2001 年从县畜牧局局长岗位退下来了。他闲不住，在城郊承包了一片山地，搞起了药材种植，每天骑着摩托车来回奔忙。2006 年 4 月 11 日傍晚，他骑摩托车从山上下来回家的路上，被一辆汽车撞倒，头部受重伤，不省人事。送县医院说治不了，立即转到原沈阳军区总院抢救。

当时我在北京国防大学学习，听到姑父出车祸的消息，立即请假飞到沈阳。当时姑父仍在重症监护室里抢救，不准亲人探视。

探视不到病人，我唯一能做的是和亲人们相互安慰，共同祈愿奇迹能发生。因学业繁忙，第二天我又匆匆返回了学校。

祈愿终于如愿，好人终有好报，姑父昏迷了二十一天，奇迹般地醒了，后来竟能站起来自由行走了。不过我一直铭记着，那次没有见到姑父的探视，它让我明白了，人生中总有那样的情境，当你最想表达某种情感时，主客观的条件，常有一种力量在反向约束着你，或不准许表达，或不给你表达的勇气，或阴差阳错地错过了你表达的时间和机会。一如对你心中一往情深的人，你对她（他）的情感在心中已然翻江倒海，但在种种因素下，却没能表达出来，从此错过了一生的表白……

二

朋友小婉经历过的一次探视，让人感动。一次，几位同学晚上聚餐后，她和秀陪着同学丽丽回单位取东西，这期间，秀突然倒地昏了过去！一时间，没经历过这阵势的小婉和丽丽都被这突发的情况吓蒙了……慌乱中，联系救护车，联系其他同学将秀送到医院，抢救、检查、联系她的家人……当医生确诊为突发脑出血时，小婉说，当时内心有种说不出的痛！凌晨2点，秀被抬到送往长春医大二院的救护车上。看着在黑夜中渐行渐远模糊的车影，小婉的心空了，她不知道，这位年长她两岁一直疼爱她、纵容她的大姐还会不会再见……

一时间，同学微信群里，秀的安危成了大家唯一的话题、最大的牵挂。

吉人天相，秀的手术及时、成功，大家悬着的心终于能放下一半了。手术完的第二天上午10点，十三位同学处理好各自手头的工作，分乘三台车向长春进发。一路上，谁也都不知道重症室让不让探视，这次去能不能看到秀？但大家都有一个执念："我们要去，不管什么情况，我们都要去，陪着这位三十年来亲如家人的同学挺过这最艰难的时刻！"四个小时的行程，谁都没有心思吃饭，直奔医院。

下午2点，同学们终于赶到了病房，得知秀的手术非常成功，医院居然还给了家属十五分钟内轮流探视时间，这份惊喜感染了大家，就差在医院的走廊里欢呼了！下午2点30分，终于盼到了探视时间，瞬间十几个人安静了，谁先进、谁后进，十几个快知天命的人竟然像十几岁的孩子在门口排好队、紧张拘谨起来。十五分钟里，除有两位同学感冒了，怕传染给秀，没进去。其他十一位同学轮流进去，秀清亮的大眼睛是肿的，瘦瘦的身体却像一只娇小受了重创的小猫，蜷缩在病床上……仅仅两天，一个快乐、善良、美丽的秀成了这副模样，每位同学都是钻心地疼，但是大家都轻松地调侃着，强忍着心里的疼和眼里的泪，微笑中鼓励着秀：我们这个大家庭在等你回来，也坚信你一定会回来……

秀是清醒的，当她见到来探视她的同学时，内心的感动和温暖让她更加坚强，十五分钟里，她强忍着术后的疼痛，微笑着迎合着十一位同学的探视，没有掉一滴眼泪……

十三位同学来回八个小时的车程，只为了那十五分钟的探视。这样一次说走就走、极其克制，又令人感动的探视，仿佛给人世间吹来了一股巨大的爱的暖流，以真人真事真情，集体成就了一段生动感人的友情佳话。

秀很快康复出院了，小婉渐渐发现：有了这次经历，秀变得更加坚强、热爱生活。秀说,她的命,现在不只是她自己的,是大家的,她要懂得珍惜,珍惜生命,珍惜真情,珍惜生活!如今,她把曾经看得很重很重的事情看得很轻很轻,把曾经看得很轻很轻的东西,看得很重很重……

当我第一次听小婉讲这个故事时,就被打动了。我很愿意把这个故事写出来,好让自己再一次受到爱的洗礼。

三

生活中也会遇有另一种探视。

一个道德品质败坏、才疏学浅又狂妄自大的贪官被判了刑。他的一位老同事到监狱探视。

这位贪官感激涕零。

临别时老同事问他还有什么要交办的事。原以为此时的他会反思己过,会有觉醒,会为自己荒唐的前半生心生忏悔;可没想到,他居然大言不惭地让他的老同事捎出去三句话,简称"三不见",他说,他今后在监狱里是:不熟悉的不见,在位的不见,不是哥们儿不见。

当官一阵子,做人一辈子,把官真当成"官",这个"官"的目的就不是为人民服务,不是为国家效力了,而是以官位逞其欲,谋其利,即使进了监狱还是"官"气十足,卑劣本性不改,真是可怜可恨可叹。此时此刻,这位贪官自以为他自己手中还握有权力——他拥有"被探视权"。

一个寡廉鲜耻的人,即使进了监狱里、甚至到了刑场上,仍然是——寡廉鲜耻。

　　生活中我们会去探视别人，极少被别人探视，主角儿都是"别人"。那么，可否把镜头对准自己，尝试着对自己的探视呢？人的思维习惯，就如同"目不见睫"一样，很容易探视到别人的缺点和不足，却很难探视到自己。这样看来，"吾日三省吾身"，还是很有必要的，时常做一下对自己身体健康的探视，对自己内心的探视，对自己灵魂的探视，必然大有裨益。不求名垂青史，只愿自己能够坦然洒脱、问心无愧地活一生。

奶奶的怀抱

一

奶奶叫代广芝,满族人,属狗,出生在 1911 年 1 月 14 日。这一年的 10 月 10 日,武昌起义。

我十几岁的时候,听见奶奶与年轻的妇女们闲聊,她毫不掩饰自己年轻时的漂亮:"我当姑娘那时候,梳个大辫儿,双眼暴皮儿的,身段也好看……"

我一直对奶奶的身世好奇。她去世多年后,我问了一些长辈,他们都说,奶奶年轻时不但漂亮,而且善良朴实,聪慧能干,针线活尤其出众。

这样的姑娘,谁家不想娶来做媳妇呢?

代家在村北，赵家在村南。村南村北，奶奶对赵家的名声是早有耳闻。等她嫁入赵家，她一定了解了，赵家不是本地的满族人。清朝同治年间，赵家的兄弟三人，从山东登州府莱阳县赵家村小云南，跟随闯关东大潮，背井离乡，历经艰辛，来到了东北。几经辗转后，其中的老大落户于此。虽然当时房无一间，地无一垄，但赵家凭着自己的勤劳、善良、朴实，最终在太子河北岸的这个村落里，得到了当地人的认可，站稳了脚跟，在村南盖起了五间草房，养起一挂马车和几头牛。虽然租种的是村里马乔氏的土地，可勤劳耕作，省吃俭用，到春天青黄不接之时，马乔氏反要借赵家的粮食吃。

正因一直没有自己的地，土改时，赵家被定为下中农。

赵家表面上是太爷赵永清主事，但最难伺候的却是太奶。她是当地满族人，治家严谨，性格霸道，晚辈没有不怕她的，三儿媳（我三奶）曾被她动手打过。而老实任干、心灵手巧又善解人意的奶奶嫁进赵家后，很快赢得了太奶的喜欢。从没见过太奶训过奶奶，她俩也从未红过脸。

男人们白天种地、赶车，妇女们轮流做饭、喂畜。

夜晚来临，奶奶借着昏暗的油灯光，一针一针地做起针线活，棉衣棉裤、单衣单裤，纳底做鞋，缝缝补补，不知多少漫漫长夜啊，奶奶用一针一线缝出了家人们的温暖与体面，也慢慢地缝弯了自己俏美挺拔的身姿。

二十世纪五十年代末六十年代初，生产队允许个人搞小开荒。那时爷爷在畜牧站工作，少有时间。通常都是他选好地点，最累的开荒刨地的活儿，常常由奶奶带领爸爸、姑姑和老叔来完成。刨出来的地，第一年撒上荞麦，第二年才能种出玉米，奶奶总是想着法让开荒地长出更多的庄稼，打出更多的粮食。

　　油灯下，灶台旁，田地里，都留下奶奶忙碌的身影。她用自己勤劳的汗水，换来了一大家人蒸蒸日上、和谐美满的生活。奶奶没日没夜默默地付出着，她如一只尽心尽力的老母鸡，努力伸长双翼，用她的怀抱，温暖着她所能温暖的、家族里的每一个人。而无情的岁月和超负荷的劳作，粗糙了她的双手，压弯了她的脊背。我的奶奶，在我还不懂事的时候，已经无可逆转地沿着那个年代的生活轨迹，在岁月的风尘中慢慢变老。但挂在她脸上的那份从容淡定，以及从骨子里透出来的温和与慈爱，又让她看上去无比慈祥。我似乎从一记事开始，看到的就是驼着背的奶奶，觉得她是世界上最慈爱最亲最美的奶奶，具有中国式老太太的全部优雅和亲和力。

　　奶奶是个小脚女人，小脚女人有大爱。她不仅孝敬长辈，抚育自己的儿女，三个小叔子及他们的孩子，他们都能感受到奶奶无私的爱，一直沐浴在奶奶爱的阳光里。在赵家没分家前，他们都穿着奶奶做的衣服和鞋子。

　　我老爷——爷爷最小的弟弟，1948 年参军，先后参加了抗美援朝和抗美援越，他和老奶每次回老家探亲，第一个急着要见的是奶奶，比见自己的母亲还亲！三爷三奶去世早，他们的小儿子（我叫金叔），奶奶像亲儿子一样疼爱他，金叔也把奶奶当作自己的母亲一样孝敬。

二

　　爷爷兄弟五个，他排行老二，还有两个妹妹。

奶奶最初是嫁给了大爷赵广山。

新婚刚三个月，村里老马家姑娘出嫁，求大爷赶车送亲。出嫁前，马家又请了一位先生，根据男女双方生日时辰看了下日子，结果犯了红煞。马家不想改日子了，便按先生的指点，做了打煞，仍按原定的日子出嫁。

不知道那天是一个怎样的天气，是以乌云遮日，还是以晴天朗照的影像留存于奶奶的记忆中。那天送亲途中马受惊毛了，狂奔不止。大爷从座驾的位置跳下来，拼命地连吼带拽，想拦住惊马，可这次他竟没能拦住那三匹他最熟悉最有感情的马。大爷被拖倒，马车从他身上碾压过去。

大爷受了重伤，没过几天就离开了人世。

新婚仨月，丈夫突遭不幸，撒手人寰，奶奶悲痛欲绝，整日以泪洗面。

处理完了丧事，眼见最可心的儿媳妇也要飞走了，太爷太奶怎肯放过，便向奶奶透露想让她嫁给爷爷的意思。奶奶死活不同意："哥死了，嫁弟弟，老赵家的锅那么好刷啊？！"无论从情感还是伦理上，她都无法接受。

奶奶绝食了一个礼拜，以示抗争。

奶奶没有父亲，母亲眼睛看不见，大事都由他哥哥代广发做主。太爷太奶先做通了舅爷代广发的工作，让他劝奶奶："现在到处闹胡子，兵荒马乱的，能找一个像老赵家这样的人家，过上安稳的日子，就不错啦……"

奶奶一听哥哥这么一说，只好接受了。

爷爷本来在下夹河村，有个姓孟的对象，还没结婚，就得痨病早逝。奶奶比爷爷大四岁，一开始爷爷也不同意，无奈拗不过太爷太奶，便与奶奶结合了。

  婚后，奶奶主内，她把自己尊老爱幼、吃苦耐劳、勤俭持家的美德发挥得淋漓尽致，把赵家打理得井井有条，令人羡慕。

  爷爷主外，他热心助人，村里谁家有个大事小情，常常最先到场；他乐善好施，遇到吃不上饭的人，他会领到家里一起吃饭；他还心灵手巧，会吹笛子、拉二胡、扎彩灯……

  赵家的善良忠厚，远近闻名。

  只是婚后几年，爷爷奶奶一直没有孩子。太奶每每心不顺，就会阴阳怪气地说："说家了个骡子，不能生长！"

  爷爷便领着奶奶去黑龙江寻医问药，给奶奶治病。

  他们结婚后十二年，奶奶三十六岁才生了爸爸，又过两年生了姑姑，又过三年生了老叔。太奶时不时又会嘟囔几句："要么不生，生起来还没头了！"

  三个孩子在奶奶的怀抱里成长，赵家美好的家风浸透了他们的风骨，他们都是赵家家风最好的传承人。

  美好家风氤氲开来，我们这些晚辈一直沉醉其中。

三

  我出生的时候，爸爸常年在外做厨师，妈妈要侍弄房前屋后的庄稼，我是奶奶看大的，确切地说，我是在奶奶的怀抱里长大的。我对奶奶的依恋超过了父母。

  白天疯玩了一天，晚上睡觉，爸妈睡在南炕，我和爷爷奶奶睡在北炕，我会习惯地钻进奶奶的被窝里，钻进她的怀抱里，小手会摸着她的乳房……对于童年的我，那里是世界上最安全最幸福最温暖的地方，一扫白天的委屈、不快、疲劳，安然睡去……那里是一个男孩走向外面世界的出发地。

直到十几岁的时候，我还是喜欢晚上睡在奶奶身边，熄灯了，钻进奶奶的被窝里。只是越来越感觉到有些羞涩，不好意思了。

老叔十八岁参军入伍到牡丹江穆陵镇的 81652 部队。他每年都会给奶奶四五十元的生活费，或寄回、或探亲时带回。奶奶会用这些钱，时不时地买些苹果、饼干、冻梨等水果点心，给我和两个妹妹吃。当然，分给我的最多。

爸妈都在外面干活，常常是奶奶做饭。她常做的是攥汤子条。攥汤子需要先将锅里水烧开，迎着开水升腾起来的热气攥汤子，奶奶的额头和脸上很快就会冒汗，我和妹妹在一旁为奶奶擦汗、添柴……

眼见奶奶驼着背，一脸汗水，气喘吁吁地为全家人攥汤子，我和妹妹怎能不心疼呢？我和妹妹很快就学会了攥汤子，不想让奶奶太劳累了。

奶奶尽管年老体弱有病，但她依旧不改勤劳节俭。她会在秋收季，带着我们兄妹到生产队的大地里，去捡拾秋收后遗留下的稻穗、黄豆荚等，尚好的留着家人吃，不好的喂鸡。有奶奶出行的秋天总是那样明亮高远，令人兴奋愉悦。穿梭在金秋的田垄间，我们的身体一会儿伸直一会儿蹲下……蓝天白云下，演绎出了捡拾稻穗（黄豆荚）的五线谱，直至夕阳西下。当我们挎着小筐满载而归的时候，奶奶就会用体贴的话语和温暖的怀抱，给我们以爱抚和鼓励。

　　那年，家里忽然来了一位收古董的北京人，一口柔软华丽的北京话，听起来如同甜言蜜语，很容易吸引人。那人总的意思是说，那些旧东西不值钱，你们留着也没什么用。然后，他又施以小恩小惠，拿出面包给我吃，我很快被他收买了。便央求奶奶把那枚袁大头和两只银手镯卖了吧。奶奶是舍不得的——两只手镯是她的嫁妆，可经我一说她竟同意了。那人用一百多块钱买去了奶奶的心爱之物。

　　此时此地，买与卖，竟如此的简单。

　　后来我能感觉到奶奶的后悔，但她却从没怪罪我。而我越随年纪增长，越知道某些旧物的珍贵，深深的愧疚感，总是在我怀念奶奶的那一刻，纠缠我心。

　　有一天，我和邻家男孩打架，他吃了亏，极愤怒地追赶我想报复。我跑了回来，躲在家里，他在院里用石头砸门。奶奶听到外面有砸门声，推门出去，立在门前，大声呵斥，这位来势汹汹的小追兵被吓跑了。

　　我一直没有走出奶奶的怀抱，但我终究要走出奶奶的怀抱。初中毕业后，我先是到离家一百多公里的县城读高中，那时奶奶也没觉得我走得远，因为县城里毕竟有老爷老奶。后来，我考上了军校，要去南方上学了，她感觉到孙子这回真要走远了，每次临走时，她都是那样的不舍，再三叮嘱……

　　那次，她拄着拐杖，送我到房后的小石板桥上。我一步三回头，看见她站在那里，佝偻的身形，泪流不止、深情地望着我的那双泪眼。那场景，仿佛在那一刻定格了，成为印刻在我脑海里，记忆深刻永不褪色的一幅油画。

四

东北的严冬冷酷无情。

奶奶在五十多岁的时候得了哮喘病，每到冬天病情会加重，春天来了，就会好转。

每见到奶奶犯病时，上不来气的样子，我和妹妹不免心情有些忧伤，奶奶的病情成了我们心绪的晴雨表。盼着春天早点儿到来，盼着奶奶的病早点儿好起来。

为了治好奶奶的病，家人们"淘登"了不少偏方。老叔买来安宫丸给奶奶吃，效果并不佳。一段时间，奶奶每天晚上吃一粒速效胶囊，这样就不会感冒了，不感冒就不会引发哮喘病。有一次她听说狼骨头治哮喘，便让老叔给弄狼骨头。老叔说，这个太难整了！

氨茶碱片，百喘朋片，咳喘宁片……这些都是我和妹妹熟悉的药名。

夏天，奶奶经常从厨房的窗户进到房后的菜园里，摘各种蔬菜，做给全家吃。有一次，她从窗台下地时，不慎脚踩空，重重地摔在屋地上，右臂骨折。眼见奶奶呻吟着，那种疼痛啊，仿佛疼在我自己身上！

从此，这只受了伤的、胸怀博大的老母鸡，她的右翼不能像从前那样伸展自如了，她的怀抱不能像从前那样有力了。可是我知道，她的爱从未减退……

老叔1984年从部队转业到本溪市，很快单位分了房。每年过冬前，老叔老婶都把奶奶接到市里过冬，悉心照料，等春天天气暖和了，再送奶奶回农村。这就使奶奶的病情大为缓解。

奶奶到八十岁的时候，困扰了她半辈子的哮喘病竟然好了，再没犯过。多亏了叔婶的功劳！

奶奶在晚年总是念叨着："不怕儿女晚，就怕寿禄短。"奶奶年轻时身体累垮了，从我们记事时就开始吃药。晚年的她也充分享受到了儿女和晚辈们的孝顺与爱戴，在这种浓浓的爱的氛围中，她活到八十五岁高龄，无疾而终。

她去世时，我随军机关正在辽源参加一个演习活动，接到信，匆匆请假往回赶。一路上，我眼前和脑海里恍如一个永不停歇的电影院，一直不停地在播放关于奶奶的电影。那内容主题，不只是悲伤，更多的是爱，是奶奶给予我的今生今世也用不完的善良美好的品德，是我在世间行走时，安置自己的最大的温暖怀抱。

我赶到家时，奶奶已被装进了花头棺材里，棺材的四周，是请当地有名的画师画的二十四孝图，凝重华美。那棺材，是十几年前的一个冬天里，她儿子带着她孙子，到那些熟悉的山里面转了又转，最终选定三棵粗直的黑松，伐倒，拉回，请村里手艺最好的杨木匠给做的。棺材做好后，一直静静地摆放在仓房里。奶奶对自己的后事早已准备停当，坦然面对，或许有一丝丝的憧憬？奶奶住在里面，一定会冬暖夏凉，安稳舒心。

我仿佛看到了奶奶躺在里面冲着我和蔼微笑的神情……

辛苦了一生的奶奶，我的好奶奶，此时此刻，你一定见到了自己的父母，你必定依偎在你母亲的怀抱，笑靥如花，眉目如画，一如自己描述的那般美丽：

我当姑娘那时候,
梳个大辫儿,
双眼暴皮儿的,
身段也好看……

第四辑

世 相

"控"时代

当今时代,"控"成了一个高频热词,诸如购物控、化妆控、网络控、电脑控、手机控……凡此种种,不一而足。就像哲学家鲍德里亚说的那样:"不仅是物对人的包围,更是物的意念对人的包围。"人们投射到"物"上的意识要远远超过于"物"提供于人的使用价值。

其实,自从人类逐渐摸索出了时间运行的规律,掌握了时间的计量方法,本以为会掌握控制时间了,会成为时间乃至世界的主宰。结果不曾想,人类却不知不觉地慢慢被时间所控制。现代人每天从早晨起床开始,一日三餐、工作、开会、约见、到晚上就寝……甚至就连锻炼和娱乐,也要规定好时间,听从时间的安排,甚至有时感叹"时间都去哪儿了"。正如英国哲学家约翰·洛克说:"你担心什么,什么就控制你。"当我们被准确的时间控制习惯了,便产生了依赖性,我们似乎感觉不到被时间控制了,我们变成了

"自由"的机器；可一旦时间不准时了，我们被不准时的时间所控制时，就会变得非常难受。比如，航班延误了，并且，一会儿一个通知，你不知道它会延误多久，这种"时间控"恐怕是我们现代人遇到的比较难熬的"控"了。类似的还有堵车现象……

科学发明创造需要人类展开自由想象的翅膀，科学发明创造的结果，也使得人类不断突破新领域，获得了更加自由广阔的新空间。人类不断地发明新技术，掌控新技术，但人类会不会最终被科技所"控"呢？人工智能、脑科学、核生化武器技术、基因技术、克隆技术等的研发，一直是当今人类引以为傲的，但未来会不会真如科幻小说中所言，它们脱离了人类文明预想预设的轨道，变成了脱缰的野马，甚至变成人类命运的终结者，真的不可预知，也不敢断言。

德国哲学家尼采说："不能听命于自己者，就要受命于他人。"人类所做的诸多努力，都是为了自由，是为了生活得更舒适更自由更美好；可是一旦过了度、过于舒适、过于刺激人的某些方面的兴趣或欲望，往往很容易被其所控。从电视时代、电脑时代，到现在的手机时代，"物"控制了人类越来越多的时间。特别是手机的功能越来越强大、越舒适、越人性化，反而越让你一天到晚离不开它。

在北京，如果你经常坐地铁，就会发现车厢里每十个人就有七八个人在看手机，或是在发微信，或是在玩手游，或是看视频电影，或是浏览阅读……如果运用大数据可能会很容易分析出不同的年龄段、不同行业的人群平均每天读屏的时间。但对于"90后""00后"，乃至以后的新生代，他们无疑是伴随着互联网和手机成长起来的，他们的生活已经和互联网、手机紧紧地捆绑在了一起。通过手机、互联网，他们获得了一个全新的虚拟的快乐自由的世界，同时也被手机所控，陷入虚拟世界而不能自拔。

手机的出现和不断更新换代，无疑给人们提供了诸多便利——全新的空间、全新的感受，可我们有没有想过，它占有、控制了我们生命中的多少时间呢？它占有了我们多少本应该去亲近大自然、本应该和亲友面对面交流等等更宝贵的时间呢？一个从小到大每时每刻在手机陪伴下成长起来的孩子，对他（她）的人格，对他（她）的思想，对他（她）的价值观，对他（她）的行为等等诸多方面的建构，会产生怎样深远的影响？

手机功能的不断开发，逐渐地使信息的收集和学习利用越来越方便快捷，一切知识看起来似乎唾手可得，但反而使很多人失去了独立思考的机会和兴趣，进而丧失不断创新、突破自我、活出自我的可贵精神。

毫无疑问，我们今天进入了"控"时代。

人生天地间，忽如远行客。"生命的目的是享受生命。"我们不能控制生命的长度，但生命的"宽度""厚度"和"自由度"，却可以掌控在自己手中。

在道德和法律的天空下，心灵自由与否，永远由你自己来掌控、来主导。有时不妨尝试着疏远一下手机，全身心地亲近一下大自然，培养一种雅趣，换一种活法，让自己在这个喧嚣的世界里保持一颗清醒的头脑，培养一种独立思考的能力，打造一方自由独特的空间。

"当我活着的时候，我要做生命的主宰，而不做它的奴隶。"我的心灵我做主，我的自由我做主。

面 具

前年去成都，顺便看望一位退休的老领导。老领导携家人特意在宽窄巷子宴请我，席间还有艺人表演变脸。艺人让老领导的小外孙女上前助兴配合，用手指碰他的花脸。孩子有些害怕，在大人们的鼓励下，她才壮着胆子，上前伸出了小手。结果食指尖刚一碰到艺人的脸，瞬间就变了，吓了孩子一大跳，众人也都惊奇地盯着他的脸。

几个变脸耍下来，艺人最终露出了他的真面目。

对于变脸艺人，那一张张脸谱是他的真面具；而现实生活中，许多人却把自己一张真人真面孔演化成了变脸一样的假面具，天天示人的早已不再是本真的自己。

人生如戏，只要你步入社会大舞台，便如同上妆入戏，政府官员、市井商人、演艺明星、艺术家、记者、法官、检察官、律师、教师、医生、警察、城管……不同的职业都有自己相对固定的行头、话语体系，时间久了，那外在的行头、话语体系等，不知不觉中形成了一种相对固定的表演套路，说不清是表情熏染着灵魂，还是灵魂支配着表情，反正渐渐地融为一体，养成了习惯。人只要一登场，就入戏，自觉不自觉地进入固定表演模式，即使不穿那行头，也仿佛被附了体，有了一个神差鬼使永远也驱赶不走的面具。

面具从最初的保护功能，到进入民俗活动、戏剧舞台和儿童游戏，逐步成为一种文化现象。只可惜，有些人各种面具戴得太厚太多，他们见了高官是一套面具，见了富人是一套面具，见了普通人又是一套面具，见了弱势的人还有一套面具：对有些人来说，已习以为常，眼前的人在他看来都是不平等的，根据尊卑贵贱的程度，他会拿出不同的面具来对待。

还有些人外表极其质朴阳光，然而并不是心灵的真实反映，敢晒出来的永远是阳光灿烂，而掩藏起来不敢或不愿给人看的才是真实、真人。这很正常，谁不想以好的正能量的面孔示人？哪怕是戴个假面具或稍作伪装。

摘下面具需要勇气。如果你真摘下了面具，你的一切都在阳光照耀下，给人看得清清楚楚，犹如白骨精被孙猴子一次次打回原形，露出真面目。然而，有些人连和同学、故友们坐在一起的勇气都没有了，那一层层的面具怎么摘得下来呢？到底用哪套面具去应对他们呢？

这些年，时兴起了同学、战友等各种聚会，特别是退了休的人，热情更高，无职无权一身轻，家里更没什么负担，就愿会老同学、老战友，叙叙旧，找找小时候童言无忌、纯真无邪的感觉，回忆回忆年轻时浪漫清纯、青葱年华的美好时光。此时，你会忽然发觉，人们身上的各种面具早已抛到脑后，你官大一级，那是在位时，现在对不起，都得平起平坐，你再整那些周吴郑王、拿五做六的，还没人搭理你了呢！

前一段，应邀参加退休老领导的聚会。他们相互之间直呼其名，彼此从没有过的亲近，把一切的一切都放下了。从没见过他们这么开心融洽，没有了你高我低，告别了钩心斗角。他们对我们几位相对年轻的老部下，更是从没有过的亲和。有的老领导说，他现在每天的主业就是休闲、健身、旅游，和老伴儿先后学会了开车，没事就约几个老友，不用司机，自己开车自驾游。另一位老领导自嘲道："没有孙子盼孙子，现在有了孙子当'孙子'，我现在每天的头等大事，就是围着孙子转。"还有位老领导说，他的头发早就不染了，连理发都不用别人，每十天左右自己给自己理一次发……

他们的精神面貌、心理状态令我好生羡慕。他们把曾有的一层一层的面具，扔得一干二净，仿佛回到了一种儿童状态，返璞归真，返老还童了。

我不禁在想："人的一生，就非得戴着面具活着？非得等到退出舞台时，才卸下面具从头再来？为什么不能早早地遵从自己的初心，撕下或摘下伪装的面具呢？"

哈哈，人总爱赏析评论别人的面具。照照镜子看看我自己，有没有面具呢？在别人看来，我自己肯定也时常是戴着面具吧！

问问自己，我也要等到退休时再卸掉面具吗？

淘　宝

时下，说起"淘宝"一词，早已无限拓展了它本意的空间，近乎一切都可以淘宝了。

在春节阖家团圆时，国人习惯把一年甚至一辈子淘得的宝贝，都拿出来总结总结、晒一晒，与亲友们一起分享。物质食粮方面的宝贝应有尽有，就看你有没有好胃口了。

而今，城里的人们大多体会不到吃不饱、吃不着的感觉了。物质丰盈，人们开始在意精神方面的宝贝，可似乎总也淘不到令人心满意足的宝贝。是人们心浮气躁？还是宝贝稀缺？春晚的菜谱年年千挑万选，可总是众口难调，褒贬不一，网上网下总有吐槽声。

"舌尖上的中国"是千年的积淀，而品赏文化的味蕾仿佛刚刚激活。

域外，蠢蠢欲动，八面来风；域内，百花齐放，万紫千红。萝卜白菜，各有所爱。那就不妨自己选自己的菜，自己淘自己喜欢的宝。不妨自己当自己精神春晚的总导演。

我喜爱文学，春节期间，试着为自己订制了几道文学菜肴。

第一道菜，本来去年 8 月份，读了梁衡老师的一篇序文——《散文，人生的一束束折光》的推介，按文索骥，如愿淘到了李培禹老师的散文集《总有一条小河在心中流淌》。宝贝淘到手里，直到年根下才拜读。读后相见恨晚，欣喜不已的感觉多日不绝。然而书中喜相逢，似乎撩起了我更强的欲望，还没有淘到最心仪的宝。我通过北京的一位文学老师，淘到了李老师的手机号码，就给他发了一条短信："近日爱不释手地拜读了您的大作《总有一条小河在心中流淌》。一连几天，随着您的美文、美句、美景、美境，浸润着、感动着、快乐着、赞叹着，感受您纯真的性情，敬佩您的德才博学，您自然、平实下静静流淌的美文之河，特别是您对待师恩、对待亲情友情、对待百姓苍生那颗感恩悲悯温暖的心，怎么也按捺不住我自己心中的波澜！"李老师很快回复，我们还加了微信。"淘"到了我仰慕已久的文学老师，令我心中流淌着的那条小河，再次泛起了朵朵涟漪。

第二道菜，我从昌国兄那里淘来了他写的小说集。早就想拜读了，馋得够呛，读起来真过瘾！严密的逻辑架构，生动幽默且精准到位的东北味表达，一边悦读，一边微信请教，一心想淘淘"爱上文学的男人"身上多年修炼藏而不露的武功秘籍。小说家手里握着多少宝，永远是个谜。文学，从一定意义上说，就是自己淘自己身上的宝，自己探自己身上的矿。欣赏着昌国兄的小说，心里直痒痒，也想写篇试试。他鼓励我一定要写写。只是我不知道自己的矿里到底有没有小说的微量元素？如果有，能不能开采出来呢？

那天，读《光明日报》的一篇关于2017年散文综述的文章，便淘来了我的第三道菜——作家周晓枫的散文集《有如候鸟》，读完挺震撼的。心中不由得豁然开朗，原来想象可以这样宽广，散文可以这样写，一本书可以带来怎样的撬动和改变……想象力是最难淘到的宝。

刚刚淘到的，是第四道菜，作家李修文的散文集《山河袈裟》，还没有打开，想必那宝贝已等我等得迫不及待了吧！

宝贝对应的词，是喜欢，是缘分。你不喜欢的东西，至少在你眼里就不算宝贝，如同一幅价值连城的书法作品，对一个不懂书法、不喜欢书法的人来说，它只是些普通的汉字。看来应该培养喜欢宝贝、发现宝贝的情趣。

每个人的初心里都存有的宝贝，那应该是善良，是爱，是天地良心！

我以为宝贝——尤其是精神上的宝贝，是应该分享或示人的。如果你身上蕴藏有宝藏，没有开采出来，固然令人惋惜；如果你身上有宝贝，已熠熠发光，却一直藏着、攥着，到行将就木了也不公之于世，那宝贝，还有什么价值呢？

莫非要像老葛朗台那样，临终前还嘱咐欧也妮："把一切照顾得好好的！到那边来向我交账！"

若想成为被后人淘赏的尘封在历史洪流中的文物，这也许是不错的选项。

当出书人遇到了交警

　　车堵得厉害，李社长急得额头出汗。

　　车后座，躺着老母亲。老母亲好端端地，睡一觉起来，胃忽然疼了，还一阵比一阵厉害。李社长不敢怠慢，赶快送老太太去医院，不料赶上堵车。

　　急中出错，他的车轧了实线，被正在执勤的刘警官发现，让他靠边停下。

　　这下既要挨罚，又要耽误老太太看病，李社长一脸的焦急与无奈。

　　刘警官走上前来，一个标准的敬礼："你轧线了，知不知道？"

　　"知道，这不是送老母亲去医院吗？对不起啊！"李社长赶紧解释，一边解释一边往车后座方向看。

　　"是这样啊！"刘警官表情一下和善起来，"情急之中出错可以理解，不过开车还是要注意点儿，你走吧。"

这么轻易就放行啦？李社长一时不敢相信，他赶紧递上自己的名片："如果要处罚，您联系我。"

刘警官接过名片："你是出书人啊！"然后摆手，"快走吧，给老母亲看病要紧。"

没过几天，李社长接到一个陌生电话，原来是刘警官打来的。刘警官问候了李社长老母亲的病情，李社长告诉他那是虚惊一场，并无大碍。他们在电话里聊着聊着，就聊起了读书的事，一时两个人都来了兴致。李社长约他有空儿到出版社来，见面细聊。

一位是嗜书如命的出书人，一位是酷爱读书的交警，他们见面聊得非常开心，初见有缘，再见如故。临走时，李社长给刘警官带了一大摞子历史、人物传记和文学方面的好书。

"以后你想看书就来找我！"

"那我可就不客气了！"

他们很自然地成了好朋友。刘警官成了李社长办公室的常客。

茫茫人海偶擦肩，为有书缘一线牵。常听到或读到关于书的故事，可当我听到李社长和刘警官的故事时，内心里还是泛起了感动的涟漪。

一本书可以影响一个人一生的命运走向，也可以成全一段真挚的友情。

慈悲、善良、宽容、仁义礼智信、温良恭俭让……这些美德，一旦写在一个人的脸上，总是令人如沐春风，化紧张为和谐，变怨怒为微笑。而比这脸上更多的、更美好的、更深邃的表达，其实早已写在了书里，有些甚至在两千多年前就有，只是我们未曾打开那些书，也未曾照着去做。

博尔赫斯说："这世上如果有天堂，天堂应该是图书馆的模样。"再也找不到比这更形象、更美好的表达了。我在设想，人生最凄惨的境遇多种多样，但其中之一，必是让一个喜爱读书的人，永远听不到见不到也摸不到语言和文字。

想到这，我更加喜爱书了。

有书的世界真好。

孤冷的地铁温暖的群

十年前,我曾在什刹海附近的平安里客居了半年。人到中年,总爱追忆,这次来京学习,我特意抽个周末到那片熟悉的街路转了转。故地重游,重拾记忆中的那段美好时光,心头别有一番滋味。

当年有些破旧逼仄的护国寺街,现在经过拓宽整治,街路、店铺变得敞亮精致,成了一条有档次、有品位的美食街了。正赶上晚饭时间,不少特色小吃店门外都已经排起了长队,许多年轻人或步行或骑自行车,来来往往,都市紧张的生活节奏在此时此地难得地慢了下来。他们在给这条街带来时尚和青春气息的同时,也尽情品味着胡同里的悠闲,四处寻找着自己喜欢的美食。

拐过护国寺街,走在曾经熟悉的平安大道上,眼前是擦肩而过的一个个陌生人形成的人流。宽宽的马路、滚滚的车流、璀璨的华灯,独在异乡为异客,一种只有在大都市里才会有的繁华喧嚣映衬下的孤独感油然而生。

3月的北京空气质量出奇地好，夜幕下能清楚地看到月亮。有月亮陪伴的我是幸运的，但我不能久留，便向平安里地铁站走去。

地铁就是方便，来时着急打车竟花了六十元，回去坐地铁五块钱就搞定了。车厢里，尽管人挨着人，甚至可以感觉到彼此的体温和气味，但并不会抵消彼此的陌生。热热闹闹的地铁，上上下下的人流，心里的感觉却是孤寂的，于是人们都纷纷掏出了手机。十个人中大约有七个人在低头看手机，还有两个人在打盹，剩下的一个人在观望……

想必看手机的大多在聊微信吧，微信里有好友，有各种关系或因缘结成的群。此时，我的感触是一句话：孤冷的地铁温暖的群。地铁里的人流是熙攘的，坐地铁的人是孤寂的，而微信群里却是相对温暖的、热闹的。在冷冰冰的地铁里，人们自然爱到微信群里"抱团取暖"。

可不是吗，刚刚一位生活在京城里已退休了的老领导，请来京的好友们吃饭，外地的几位朋友有的虽初次谋面，可聊得甚兴、投缘。老领导倡议，既然这般有缘，干脆建一个"面对面群"吧！众友们都为这个创意大加赞赏，很快组群！

在一个超大的城市里，人们平时奔波忙碌，亲朋好友想相聚在一起也不是件容易的事，微信似乎能拉近彼此的感情和距离，无论是老朋友还是新朋友，它倒像是搭建起了一个新的感情的桥梁纽带，无形中给茫茫人海中的你带来一种温暖和难得的慰藉。

人们曾经唱衰"低头族"，诟病手机剥夺了我们过多的时间。其实，手机占用你多少时间完全取决于你自己。但不可否认，微信确实用另一种方式,拉近了越来越感疏离的人与人之间的距离。

　　试想想,当今生活在大城市里的新生代们,还能体会到邻居、左邻右舍、串门、远亲不如近邻等等,这些词汇的内涵吗?从这个意义上讲,我们真该感谢微信,至少我们可以在微信群里天天"见到"想见的人,可以互相"串门",可以彼此聊聊天、说说心里话,还可以显摆显摆、晒晒自己的幸福生活,有很多以前不可以的如今"可以"了!

静 夜 微 思

夜很静，我在拜读《卡拉马佐夫兄弟》。书中徐徐展开的故事情节和生动逼真的细节描写，深深地吸引着我……

即便手捧最喜爱的一本书，我还是会鬼使神差般放下书，偶尔去看它一眼……不算它霸占你的整块时间，它在你忙碌某件事的疲惫时刻，总会扮演插播广告的角色，给一点儿放松和消遣。是它强制你的，还是你自己自愿的？它为何具有如此魔力？我不禁掩卷沉思……

离 不 开 你

很喜欢黄绮珊唱的那首《离不开你》，最近一次听来，忽然顿悟般觉得，那是唱给微信和离不开微信的人的：

> 你敞开怀抱拥抱了我
> 你轻捻指尖揉碎了我
> 你鼓动风云卷走了我
> ……

常说现代人特别是年轻人已离不开手机，其实我看主要是离不开微信。许多人隔一段时间不看看微信，就浑身不自在；每天不在朋友圈里刷刷图，就仿佛不能证明自己的存在，久而久之形成了一种强烈的心理依赖。"每天就指着这个活着了！"虽然这话说得有些绝对，但对某些人来说，的确是真实的心理写照。

多少年来，谁听说或见过有一种东西，让一半以上的中国人每天离不开它，除去睡眠，在它身上花费了相对于关注其他事物更多的时间，细想想，只有微信做到了。为什么呢？

追求完美才有魅力

微信从最初的设计，到不断地改进升级，一直在不断地追求完美，以至于它越来越完美，完美的外表（界面）、完美的内涵（软件及使用系统）、完美的服务功能，你想到的，它都想到了，你想要的，它几乎都可以满足你。可文字，可语音，还可视频；国内能用，国外也能用；可以群聊，可以私聊；发朋友圈的内容可以让别人看，也可以不让某人看；发的内容觉得不妥，可以撤回；可以收藏，可以清空；可以微信支付，可以发微信红包，还可以微信游戏……覆盖到了我们生活的方方面面，绝对地以人为本，体现了极致的人文关怀。当然，俗话说得好，众口难调。如此完美的设计和功能，也难免有挑剔的人们；不过大众争议最多的，就是它占用了人们太多的时间。

"万物之中，希望至美。"由微信联想开来，一件产品，最终有没有长久的生命力，最重要的是，看它是否被打造出建立在充分满足人们多样需求的使用价值基础之上的审美价值。只有追求完美，呈现完美，才能产生恒久的魅力。

在虚拟的时空中完成自我素描

"忽如一夜春风来，千树万树梨花开。"在虚拟与现实之间，在便捷体贴之中，我们不经意地发现，微信已经悄无声息地走进了人们的日常，为人们打开了一扇纵观大千世界的窗口，提供了一个充分表达思想情感的平台。

在这个看似虚拟的空间里，来自四面八方各个层次的人们，不分男女、职业、年龄，都敞开了心扉，随性地表达思想情感，表现自我。这里有嬉笑怒骂，也有寂寞无声；这里有真知灼见，也有奇谈怪论；这里有鲜花点赞，也有唇枪舌战；这里有自我陶醉，孤芳自赏，更有各美其美，美人之美。人们在这里自由随性地展示自己美好真实的一面。你的日常生活、你的笑貌音容、你的兴趣爱好、你的文化修养、你的人生哲学，会在不知不觉中，被一位隐形的高超画匠，以"素描"的方式一笔一画地完成。

所以，你在微信中要好好表现哦！否则，你被画出的"素描"可能会很丑……

链接情感的新纽带

因为有了同学群、战友群、工作群，多年失联的同学、战友、同事又联系上了，大家在群里随时打招呼，畅叙友情，重温当年的美好时光。一时间，仿佛又回到了同窗共读的课堂，并肩走进了熟悉的军营，回忆起共同创业的岁月……

因为建起了亲人群，亲人们即使不在同一个城市，甚至不在同一个国家，也仿佛近在咫尺，找到了能天天见面、天天聊天的特殊感觉和心理慰藉。因为各种机缘或相同的兴趣爱好，人们组建起了五花八门的群，无形中扩大了朋友圈、社交圈，拓展了交往面，拉近了彼此之间的距离，提升了幸福快乐指数。正如有的群友总结的："群是个集体，和谐友爱；群是个家庭，温暖可亲；群是个娘家，走走串串；群是个广场，说说唱唱。有个群，真好！"

微信把人们的距离拉近了，把人与人之间的情感温热了，把地球村变小了……

希望主人爱学习

如果你是爱学习的人，你自然会把微信的功能开发利用到极致；如果你喜欢写作或随时记录自己的灵感火花，微信无疑就是最好的纸和笔；如果你感觉书写或打字的速度慢，微信里有语音输入功能，可以帮你提速；如果你喜欢阅读，微信群中有许多读书人，还有作家、诗人，时不时会发一些美文或原创佳作，奉你眼前；如果你喜欢收藏美文、有用的资料，以备反复阅读学习，那就用好收藏夹；如果你想投稿发表作品，可以直接用微信传稿。

其实，一定意义上，微信是为爱学习的人开发准备的，它希望自己的主人爱学习，爱阅读，讲究审美，提升品位；它希望自己的主人珍惜自己的时光，也要珍惜别人的时光。

为自媒体而生

微信简便快捷的信息传递功能，使它划时代地真正成了自媒体的标志和化身。人人都是记者，人人都有麦克风，人人都有摄像头，人人都可即时发布新闻信息，手机＋微信，成为制作和发布新闻最便捷的工具和平台。

一些敏感事件，诸如曹园违建别墅事件、西安奔驰漏油事件等，常常是最先在微信这个自媒体里迅速发酵，引起主流媒体的关注，直至解决问题，回应网民群众。

人人都相当于记者，但并不等于人人都是够格的记者。于是乎，微信中不时会冒出偏激的言论，低俗或暴力的图片、视频，虚假的信息，恶意的炒作，甚至破口对骂……于是乎，有关使用微信的规则规范，便在社会监督、舆论监督和自我监督中形成和推广……

技术与文明之间的距离有多远

当一项技术，特别是为人类贴身服务的技术日臻完美，人们就会自然地沉浸在完美的技术给自己提供的快感之中，乐而忘返。而这种被技术激发出来的欲望，会渐渐膨胀，进而使人类高估自身的能量……人类可以想象将来的人工智能技术会替代人类，做几乎所有的事情……航天器或许可以抵达遥远的太空和其中的任何星球……随着生物技术、基因技术、克隆技术等的发展运用，或许会最终实现人类神往已久的长生不老……科技进步、征服自然的一个个耀眼成就，令人类几乎忘记了自身弱小的身躯和十分有限的力量。

当人们在使用微信时，同样是沉浸在技术更新给沟通、浏览等带来的视觉享受和浅表快乐，往往会淡漠应该弘扬什么样的道德价值，应该承担怎样的社会责任。

技术的进步确实给人类带来了全方位的发展进步——包括生存质量的提升，激发出了无穷的想象力和创造力，以及对未知世界征服探索的欲望。只是这欲望的脚步兴起之后，会不顾一切地向前飞奔，早已把蜗牛漫步般的道德、文明的进步，远远地甩在了后面。

在被誉为中国式科幻大片开山之作的影片《流浪地球》中，因太阳的枯竭，地球将遭遇灭顶之灾。此时，人类数量锐减。幸存的人们团结一致，金钱的概念和国家的边界模糊了，一项长达两千五百年的行星移民计划被提出，进而开始执行并逐步推进。《流浪地球》和诸多西方世界拯救地球的电影不同，是中华人文精神、价值的传承和经典展现。但科幻终究是科幻。

其实，地球永远不会流浪，流浪的只会是人类的心。

从这一点看，微信就很有些危机感了。尽管它以其超凡的魅力俘获了人们的心，但是凡事有利就有弊。微信在带给人们各种便捷的同时，也在测试人们的自我约束力和辨别力。这场较量一边在如火如荼地进行，另一边，却殊不知喜欢猎奇的人们的心，又开始了不安分的另一种探寻：也许有更适合我的软件呢？所以，微信的研发者们，前路漫漫还需努力求索。

体 检 有 得

开始过暑假了，我为自己规划的第一件事是做一次全面体检。

通过体检，不但进一步认识了自己的身体，也收获了些许人生感悟。

知 己 难

我们从母腹中刚一出生，最迫切的本能，除了想吃，还有就是急着想睁开眼睛看世界吧。人的双眼长在脑前部最适合向外张望的位置，先天的生理结构决定了它的功能，主要是向外看、看世界。人类的感觉器官在进化过程中都具有类似特点，为了自身的生存与安全，需要向外望，向外听，向外闻，向外想，而自己是什么样，身体内部是什么样，往往放在次要的位置，关注不够，了解不深。

对身边同类的看法也一样，总能轻易发现别人身上的缺点，而对自己身上的缺点却很难发现，也很少做自我解剖，这没办法，先天条件决定了你的目光主要是用来看别人、挑别人毛病的。

面对自己望不见自己的缺憾，人类也想了不少招儿，发明了镜子，总结出了"吾日三省吾身""自我批评"的武器……还有各种医学体检手段：中医的望闻问切，西医则运用越来越先进的技术方法手段，X光、超声、CT、核磁共振、心电图、脑血流图、胃肠镜……血常规化验、尿常规化验……从外往里看，从里往外查，恨不能借一双孙悟空的火眼金睛，看个清清楚楚，明明白白。

然而，世上的事往往事与愿违，总有发现不了的病变，总有解释不清的现象，总有解不开的人体奥秘。

常言道：人心隔肚皮。通过体检和平时观察，我发现，识人难，知人难，其实，知己也难。

对得起母亲恩赐给我们的身体

当我们告别了母腹，来到了人世间，这幼小的身体，除了极少数先天有疾，绝大多数都是一团没受任何污染和侵害的天然的健康肉体。接下来，在母亲的精心呵护下，慢慢长大。当离开了母亲的怀抱和视野，我们往往越来越不大注意爱惜自己的身体，渐渐地，学会了抽烟、喝酒，养成了久坐玩手机或看电脑、熬夜、不吃早饭等诸多坏习惯，这样日积月累，本来先天条件很好的身体，逐渐出现了透支，出现了亚健康甚至各种病症。分析起来，所有的病，都是自己不爱惜自己造出来的，吃出来的。试想，当时母亲十月怀胎隆重地奉献上你这肉身时,这肉身有胃病吗?有"三高"症状吗?有脂肪肝吗?……

我坐在飞机上翻杂志,读到清华大学经济管理学院李稻葵教授的一篇文章,文中提出了"健商"的概念,引起了我的共鸣。"健商",是指一个人维护、经营、提升自己健康水平的能力,每个人对自身健康管理水平反映了健商的高低。即使情商、智商再高,有健商这个短板,也难以成就一番事业。

他讲的观点,通俗而又深刻。

对"感觉"的新感觉

这次体检,好友建议我做个无痛胃肠镜。第一次做,做的过程因是全麻,自然没有知觉,待醒来起身时,有种类似喝醉酒的感觉。听医护人员说,个体对麻醉药的承受力相当于对酒精的承受力,使用同剂量的麻醉药,一般酒量大的人"醒酒"更快。

我只是对麻醉后醒来的感觉印象极深。科学研究表明,人类特别是成年人都具有欲望过剩、能量过剩的特征,多余的欲望和能量如何排解呢?人类自然想尝试所有能想到的或能触碰到的新感觉。人类喜欢尝试不同的感觉,创造出许多高雅怡人的健康感觉。这些感觉逐渐发展完善,成为人类的精神享受,比如:文学、戏剧、电影、音乐、舞蹈、美术、摄影、书法、曲艺等各种艺术形式,还有各种体育运动;人类常常经受不住千奇百怪的"感觉"诱惑,总有人按捺不住自己,去尝试了一些不健康的,甚至危险的感觉——因为往往这类感觉对人类的诱惑力更大,一旦把控不住,还会上瘾,甚至掉进万劫不复的深渊，比如：嗜酒、赌博、吸毒等。人一旦做了这类"感觉"的俘虏，会变成另一个人，有的会为了那"感觉"而倾家荡产，一蹶不振。据说，吸毒上瘾者是很难戒掉的，可能还是那种感觉太迷惑人了吧。还有的人喜欢不择手段地追求滥用权力，有的喜欢过那种奢靡腐朽的生活，这些更是和人类文明背道而驰的。

最好的拒绝是远离，远离是非之地，远离是非之人。想过健康快乐的生活，还是远离那些不健康的感觉，多追求健康身心的感觉为好。

当我喜欢上写作，当我写下上述这段感悟文字，谁说这不是一种清新的感觉、一种健康快乐的感觉呢？

演　戏

前段时间，看了个警示教育片。

教育片和电影最大的区别，无疑是前者为真人真事，全是实录。

印象最深刻的，罪犯们经常忏悔的、也是发自内心的几个词：心如刀绞、生不如死、度日如年……

有些词语，有些场景，只有当人们在生活中真实地经历了，而且是最具有典型性地经历了，才算真正能理解并诠释它的全部内涵。有些高难度的、刻骨铭心的人生悲喜剧，靠演员演，演技再出色，似乎很难真正演到位。比如，不宣判你个无期徒刑，或者十年以上的有期徒刑，你能真正理解什么叫"度日如年"吗？

这些具有警示意义的典型案例，如果拍成电影，往往就减弱了直击人心的震撼力。

表演终究是表演。

其实，那些贪官，在没有被"双规"之前，一直在演戏，他们表演公仆的形象，忠诚的形象，强人的形象……

但，有些形象背地里其实并没有演戏，比如滥权，比如谋私，比如纵欲……

一方面，不该演戏的，实实在在的初心本色的东西，他们当作假戏来演；而另一方面，该收敛的自律的戏，他们却恣意妄为。结果遭到了天谴报应。

有一位女贪官，仕途上曾经一路春风得意，走上了将军岗位，然而最终没能关住权力这个魔鬼，锒铛入狱。记者采访她时，她说，当姐姐来监狱里探望她时，看见曾经一身戎装光彩照人的自己，如今却穿着一身反差极大的囚服，姐姐一句话也说不出来了，只有不住地痛哭……她忏悔道："我那时理解了什么叫'肝肠寸断'！"

前几天，看了美国励志电影《当幸福来敲门》。片中的贫困潦倒的业务员克里斯·加纳（威尔·史密斯饰），事业、家庭屡屡受挫，妻子撇下他和五岁的儿子而去，接着因缴不起房租被房东扫地出门。经初试，在证券公司担任半年不发工资的实习生，二十个实习生只有一个经实习和最后考试能留下来。当公司老总最终宣布他被雇用时，加纳那双饱经风霜、锐利坚毅的眼，情不自禁，泪如雨下……我想，在任何一个电影院里播放此片，剧情至此，整个电影院都会泪如雨下……此时正在观影的我，也流泪了。

我偶尔游离开剧情一想，这毕竟是在演戏……

电影是极致的真实，表演的高境界是骗出了你的眼泪。

娱乐的"艺术"

娱乐，指快乐有趣的活动。

忙忙碌碌之余，人们除了休息，自然会想到娱乐，来释放压力，放松心情，愉悦身心，期间，也培养一种雅趣，结交一些朋友。

娱乐本是如今压力山大的人们最放松、最轻松、最纯粹的事情了，然而有时也不尽然。比如，让你和某位领导一起娱乐，那就不见得轻松自如了。

如果同你娱乐的领导是属于平易近人类型的，那还好；如果领导是属于娱乐时还没有完全放下架子类型的，嘿嘿，那你可能就比较纠结了。

某领导喜欢打乒乓球，身边陪玩的部属们都奉承着他、让着他，久而久之，领导自感水平很高，飘飘然也就不奇怪了。一次下基层检查工作之余，基层单位安排一位"高手"陪玩，"高手"考虑到领导的面子，故意输给领导两局。他正准备赢领导的第三局呢，领导突然发话："不打了！"理由是，对手"水平太低"。

后来，这位部属总结出一条和领导打球的经验：第一局一定要赢，然后输第二局，然后再赢第三局……然而令他遗憾的是，领导不给他这个机会了……

这位心高气傲的领导越来越自我感觉良好，他觉得和身边部属打没啥提高，自然也没了激情。于是便让部属请专业选手来比试比试，结果部属请来所在市的少年单打冠军。这孩子少不更事，再加上部属事先也没交代，结果几局下来，领导不但一局未赢，还输得很惨。

这次娱乐，让这位领导郁闷了好几天。

还有一位领导爱打篮球，经常组织身边的部属打球。有个下属单位听说了领导的爱好，便盛情邀请领导过来打球，自然也备了一桌饭菜。领导带着他的球队来了，结果下属单位没给领导面子，赢了他们。比赛一结束，领导连衣服都没换，登车便走。

下属单位进一步了解到，领导是喜欢打篮球，但必须得赢！

于是，他们又好一番商量，领导才同意再来打一场。

这次比赛结果，当然毫无悬念，领导的队赢了，领导很开心，也留下吃饭了……

这次娱乐，达到了"娱乐"的效果……

人们常说，酒品看人品，文品背后是人品……其实，玩品更能看人品。这时候的人，换下了着装，暂时去掉了身份，脱去了官衔，此时在娱乐场上的表现，更能显露出一个人的真性情。

城 里 城 外

当风陪伴着云，经历了雨虹，见识了雾霾，来到了9月季，仿佛经过了一次彻底的濯洗。空气更加清爽，天空愈发湛蓝，更显出了淡定从容。呆呆的云，蓝蓝的天，自然妥帖地搭配在一起，给人一种傻傻的感觉。有时天空中的宁静悠远，反而托衬得地面上、特别是城市里的浮躁不安。

我家住的A区是闹市区。楼下换了个新邻居，为了过冬，他们准备重新铺地热、装修。

为尽量减少对邻居们的噪声污染，楼下主人特意多请了些力工，争取一两天内把破拆的活干完。于是，一场声势浩大的"城市攻坚战"打响：机关枪（风镐）声"嗒嗒嗒嗒……"此伏彼起，声东击西……接着是速射炮（电锤）跟进清剿，最后是榴弹炮（铁榔头）拔点攻坚……这只是第一波次的攻坚战，短暂的间歇，又发起第二波次、第三波次……

　　在超高分贝噪音的狂轰滥炸里,我忽然发现,自己成了守城者,楼下的力工成了攻城者。攻守的力量对比,无论是兵力还是装备,显然严重失衡。我的意志力不够坚强,拉锯战战至中午,我最终没能守住内心的那份宁静,我给自己找的借口是,这不是平时所说的闹中求静,这是战中求静,谁也做不到,我决定投降,放弃我的城。

　　我想选择一处安静且能小憩的地方暂避战乱。和家人一商量,决定去院内的足疗店暂避一避。

　　岳母平时常去这家足疗店,常念叨起店老板小杜的好,手法好,人品更好。我虽头一次见小杜,却似有旧友重逢之感。他三十出头,皮肤稍黑,体态微胖,一脸的憨厚相。我们彼此没有陌生感。我让他做个腿部和足底按摩,他手法精到,总能精准地按到穴位处,力道适度,有强烈的贯通感,很舒服。中医按摩如同挠痒痒,手法一般的挠来挠去,总是觉得挠不到正地方,不太解痒,而手法好的,每次按下去,总能直达痒痒处。

　　我们边按边聊。小杜家在双阳农村,高中毕业后,到城里的职业学校学会了按摩手艺。婚后,他们小两口和许多农村的年轻人一样,开始编织属于他们的梦想,想到城里打拼一番,将来让自己的孩子和城里的孩子一样,也能受到良好的教育,再挣钱买一栋自己的房子。有了梦想,他们就开始行动了。先是租了现在一楼这个房子,既是他们的家,又是营业的按摩店,虽然一年的租金五万元,小杜觉得这里地点好,主要是他手法好,信誉度高,回头客多,养家糊口没问题,还有盈余。

孩子一天天成长，很快到了上学的年龄。当他们凭自己的暂住证，按有关部门的分配原则，准备为孩子办入学时，发现统分的学校离住地太远，很不方便，再深入了解，这个学校主要是接收外来人口子女的，教学质量一般。他们调头又到离家最近的一所小学联系入学，学校答复：已过了录入期限，办不了。实在没办法，又托一位朋友，帮忙在D区联系了一所小学。他们似蒙头苍蝇，东扑一头，西撞一头，总算让孩子在城里入上学了。为了孩子上学方便，他们在D区又租了一间房子，这样，小两口就要负担两处房子一年近七万元租金的压力。他们每天如城市里的候鸟，在A区和D区两个家起早贪黑、来回迁徙。

去年，他们和许多年轻夫妇一样，又要了二胎。二女儿的到来，给全家带来了欢喜，也新添了压力。生活常常就是这样，幸福与负担同在，快乐与付出同行。

夜幕降临，我的家连同这座城总算稍安静下来，此时的小杜也许刚闭店，在赶回D区小家的路上。我联想到，不光我所在的城，每座城市里，都有很多像小杜一家这样的城外人，在城里谋生活，他们也想过上好日子，他们有过上和城里人一样的生活的权利。如果寻根溯源，现今的城里人，有多少曾经是城外人呢？城里城外，人口自由而有序地流动，从古到今，既是一个永恒的社会治理课题，也应该是一种自然常态。

城里人要过上好生活，确实也离不开城外人，粮油蔬菜水果等物资的供应，人力物力的合理输入：大到盖楼房、修道路、搞绿化，中到搞装修、清垃圾、疏管道，小到快递哥、保洁员、保安、保姆等，脏活粗活杂活细活，多是城里人干不了、不爱干的活。他们辛苦劳作的身影，成了这座城市新的雕塑，他们流淌出的汗水，成为这座城市永葆活力新的滋养。而城里人也不甘心整天与楼房、汽车对话，每个城里人都有尘封在自己内心深处的"乡愁"，他们也渴望到城外去，到大自然中去，到田野里走一走，远喧嚣，亲自然，访田畔五谷；别城市，奔乡野，寻心中桃源。近年来一些地方出现了"逆城市化"的现象，折射的是城里人内心深处的梦想诉求，也是农耕民族千年习性的回归与再现。

其实，一座城市，它对生活在城市中的弱势群体、那些游走在城里城外的边缘群体的精细关照程度，恰恰最能体现一座城市的包容性、城市的治理水平和文明程度。

第二天上午，我又转移到附近的市图书馆里，暂时逃离那些装修工们的围攻。坐在图书馆里，偶尔望一眼为了通风透凉而打开的窗：窗内，是安静的书城，书城内不大，可书里却蕴藏有无限的世界和远方；窗外，仍能听到城市里的喧闹声，城市足够大，却越发显得拥挤烦躁，安放不下一颗宁静的心。我联想到自己被攻城的感觉，此时，我仿佛又转移到一座新的城堡，只是城外的攻城声很远、很弱，而城里很静，只有翻书、抽书的声音。在这座书城里，我很像刚刚从战场上走下来的战士，忽然没了对手，没有围攻我的人了，但我的内心里却早已和那些攻城的装修工们握手言和，甚至站在他们一边。其实，他们只是想在城里能挣到些钱，养活一家老小，他们绝没有"占领"这座城池的野心和能力，仔细观察他们的表情，他们似乎背负着卑微甚至原罪而来，每一滴的汗水、每一肚的委屈和心酸，常常是为了努力赢得城里人的尊重，如果这座城能包容接纳他们，让他们体面地生活下去，那是他们最大的奢望了。

岳母的心脏病是全家人的挂牵，儿女们已为她办好了转院和医保手续，准备尽我们所能，送她进京诊疗。对于北京城来说，全国各地临时来京的人，都是城外人，或者说是乡下人。而定居在北京城里的人，又有多少曾是原住民呢？

城 里 树

季春时节，市里组织植树活动，这次没有选在郊外或山上，而是在市内的一片空地。植树中我发现人们越来越务实了，已经不太在意植树的地点、宣传造势等，更在意的也是最关注的，是自己栽下的树能不能活下来。大家的关注也自然是我的关注，我一直在关注城里的那些树，因为它们在人们不知不觉的庸常生活中，天天陪伴着我们。

作为长春市民，长春有许多值得我骄傲的地方，其中最引以为傲的，它是一座名副其实的"森林城"。

一座城市一旦在某个方面形成传统特色，它的主管部门甚至包括市民，都会自觉不自觉地齐心呵护这一传统特色。长春的规划绿化，历史上就有很好的底子，令人欣慰的是，这些年这个传统不但没有丢，而是从每一棵树、每一条街做起，积小胜为大胜，渐成大观。

长春的绿化注重整体规划，细心的市民会发现，长春的绿化树除了最古老的黑松和杨树两大主力，这些年又陆续新尝试增加了不少适宜本地生长的新树种，比如榆树、柳树、京桃、杏树、臭李子树，还有樱花、丁香、连翘等各种灌木，尽量做到，一街一树景，每街景不同，使得整个城市的绿化逐渐走出单调的"二元结构"，而公园里的树种就更杂更多了。

长春的绿化及时迅速，每规划新建一条街路，绿化马上同时跟上，抢时间，争速度，深谙东北的植物只有半年的生长期。

长春的绿化融入了美学，十分讲究高低搭配、乔灌搭配、阔叶针叶搭配、树木与花草搭配，向园林化、立体化、精致化发展。

长春的绿化讲究科学，从市民的角度，我们也能感受到园林环卫等部门在抢救病树、预防病虫害、处理冬季积雪等方面的不断进步。城市绿化需要下慢功夫、细功夫、长功夫，最忌大刀阔斧，而长春在这方面做得最好，有一股韧劲，无疑走在了东北地区乃至全国的前列。

我先后在东北几座城市工作、生活过。曾有一个城市的一个广场绿化给我留下了极深的印象：整个广场一半栽的杨树，一半栽的松树。这种简单又单调的绿化，没有一点儿长远考虑和美学空间，似乎从绿化开始那天就种下了死亡。还有一个城市改造一条主干道，将街道两旁原来长了好多年的绿化树全部移走，我很为这些大树的下落担忧，不知道这些大树还有多少棵能存活下来，问题是相关部门并没有马上植上新树，整整空了一年，后来重新植上的新树却远远不如原来的树高大美观。

由于人类一个个鲁莽的举动，不知导致城市里多少多姿挺拔的树，永远地消逝了。它们的命运还不如那些拆掉的建筑，或许会留有图片或文字记载，而那些树，无影无踪，无名无声。

想像长白山原始森林里那些自然生长的树，是那样洒脱不拘，自由自在，就算死去了哪怕倒下了，依然是那么壮美。它们从一粒种子开始，发芽生根，成长成材，直到慢慢老死了，直到彻底腐烂掉了融入泥土，整个的成长过程完完整整，甚至比人活的一生更有仪式感和尊严感。

而城市里的树，它们记不清自己的故乡，更不知道自己的未来能存活多久，即使幸运地有块稳定之地可以一直生长，可一旦长到枯老之时，甚至还没有断气，人类就会将其锯倒、截断、拉走，不得善终。

其实，在一个以人为本的城市里，人们越来越重视树木的作用，但还谈不上地位，它们很类似于人们居室里的花盆，主人可以根据房间的布局，将其摆放的位置随时变动，也可以根据自己的喜好对它实施剪枝修形，一切随人的意愿而定。生长在城市里的树，其一生是很委屈，很无奈的，它们好不容易被栽在那里，自以为会安稳地生长，可指不定人的一个什么想法和理由，它们要为新修的路"让路"，它们要为破土动工的新楼群"让路"，要为电线或光缆"让路"，要为新增的停车位"让路"，要为各类管道"让路"，它们要为人的意志"让路"。"让路"这个词人听起来轻巧，实际对树来说，"让路"，常常意味着铲挖、锯倒、砍杀、死亡，稍好的结局是移走。美其名曰，它们是城市里最美的风景，其实，它们是城市里最弱最弱的弱者……

我家附近隆礼路有一排高大的臭李子树，其中有一棵不知在生长过程曾经受过怎样的磨难，主干部分有近两米几乎是匍匐在地面的，然后才向上抬头升起。弯弯巴巴的身影，既记录刻载着它成长的艰难，也体现着这座城市对它的包容。仔细观察，它越看越像一个大盆景，它身上一定存有故事，一定有不少路过它身边的市民曾对它投去好奇而友善的目光，它也一定会回以感恩幸福的微笑，它被人们呵护着关注着，度过了一段幸福美好的时光。然而，前一段时间我又想起它，却怎么也找不到它的身影，那个区域已被并排的几辆私家车无情地霸占了。就是这样一棵虽略有残疾却依然美丽的树，最后还是无情地被"让路"了。

　　这不禁引发了我的深思，和人类走得近、挨得近的物种的结局似乎都不太好，人类能给什么物种带来好运呢？似乎更多的时候，人类一旦喜欢上了什么，这类物种迟早会在劫难逃。比如：各种名贵的树木、草药，各种漂亮的鸟，甚至是没有生命的玉石等，哪一种能够逃脱人类强加的"收藏"的命运？还有只要能入口的动物，地上跑的，天上飞的，水里游的，土里钻的，哪一种能够逃脱人类的餐桌呢？哪怕体内有毒性的动物，冒着风险也要吃了它，因为对有些人来说，它别有味道，更有刺激。甚至连号称人类最忠诚的朋友——狗，也并没有用自己的至忠至诚换得人类的善待，同样难逃下汤锅上餐桌的厄运，它身上不同部位的肉，构成一些饭店的主打或者说是全席，许多人好这一口。人类的所谓朋友中只有马的命运稍好些，躲过了"餐桌大劫"。出现这一特例是什么原因呢？想了想，一则马肉不太好吃，二则马成长起来周期太长，靠卖马肉肯定是赔本的买卖，三则马自从被人类驯服以来，一直表现太出色了，它们充当军队的坐骑南征北战，戎马一生，与人类结下了战友情谊；它们替人类驮拉人类自己背运不动的生产生活物资。它们的结局算是最好的了，不过，也只能是当牛做马……

如果地球上的生物都有思维，都有选择朋友的自觉，那人类肯定会成为孤家寡人。人类在这个星球上到底还有多少真正意义上的朋友呢？或许，我们高看了我们人类自己了，我们本身就是一种生物。

我一直以为，城市里的树木花草是城市人最亲密、最无私的朋友，在以钢筋混凝土为主框架，在以冰冷单调、聒噪不休为主旋律的城市里，树木花草，特别是那些树，为我们带来了多么宝贵的清新空气，为我们营造了多少赏心悦目、宁静和谐的氛围。春风徐徐，那缓缓萌出的绿叶和次第绽放的鲜花，渐渐成为满城的主题，带走了人们心中所有的不快和阴霾。炎炎夏日，它们为我们带来了难得的清爽阴凉，暴雨来袭，它们尽自身所能帮我们吸水减灾，为我们挡风遮雨，与我们风雨同行。秋霜忽染，树们瞬间让城市变得绚烂多彩。那落叶声，还有那脚踏落叶声，让这城市单调的旋律又多了一种温柔的生命和弦。寒冬来临，是树们以它们劲拔的枝干，和雪一起，在极力为我们构建如诗画境，树挂，雾凇，树上雪，雪上树，陪伴你整个雪季。

我们没有理由不好好善待这些树木，我们应该像对待好朋友那样，珍爱那些一直陪伴着我们的树木，照顾关爱好那些老树朋友，悉心培植好新树朋友，让我们生活的城市更加生机盎然，更加充满温情与诗意。

爱 情 课

白山有位朋友喜爱宠物。前年,陪伴她多年的爱犬不幸病逝。没多久,朋友善解人意的侄女将一只活泼可爱的八哥送到她身边。

这只八哥浑身黝黑锃亮,两眼黑亮有神,翅膀和尾羽衬的白边令它更显华丽,到家后又特好动,都以为是只"男"八哥,便起名叫小黑。直到第二年春天小黑下蛋了,一家人恍然大悟,"帅哥"原来是"美女"。

家人渐渐发现小黑是只有个性的八哥。它不喜欢学人说话,只要教它,它就特别烦躁,满屋乱飞。主人平时正常与它说话时,它又特别有礼貌,小嘴不停地动,但不发声。只要你一说完,它马上就"哇啦哇啦"说半天,像在回应主人刚才的话。

家里来了客人,如果是位帅哥,它会主动地用不一样的叫声、甚至飞到客人肩上,表示亲昵和欢迎,极尽媚态;如果来的是位美女，它的表现极其冷淡，明显表现出不欢迎你的态度。如果你的言行对它有不敬，它甚至会毫不客气地飞到你的头上去抓咬你。

小黑特别喜欢干净，无论家人洗衣服还是洗菜，它都会想办法跳进去，用嘴勤快地梳理自己的羽毛。那敏捷灵活的动作极像一个爱美的小姑娘，戏水梳妆，这是它最开心的时刻。

小黑的生活也很有规律，每天早上五点半左右准时起床，站在窝边上打几遍铃，再"哇啦哇啦"叫一阵，就会飞到家人床边上不停地和你说话，直到家人都起床为止。晚上睡觉它不喜欢开着灯，如果不关灯，它会先在窝里趴着"哇啦"说一阵子；再不关灯，它就会站在窝边上"哇啦"说，如果还不关灯，它索性就飞到主人面前去吵架，直到关灯了，它也就消停了。

时光在不知不觉中流淌，小黑在不知不觉中成了家庭里的一员。

今年一开春，小黑像有心事似的经常站在窗台上向外不停地打铃，"哇啦哇啦"地叫。

那天下午，主人将小黑放在楼道里玩。过了十几分钟主人喊它——平时喊它，它会"啊啊"地回答，但这次却没有回应。主人急忙上楼上一看，五至六楼缓台的窗户开着，小黑不知去向！

全家人左邻右舍楼里楼外，甚至几栋楼的楼顶上都找遍了，还在微信上发朋友圈帮忙找寻，找了半宿，仍不见小黑踪影。

全家人一宿没睡。

第二天天刚亮，主人又出门去找，直找到早上八点，门市陆续开门营业，仍没有小黑的消息。

主人忽然回想起去年夏天，在小区里散步时，看到有家手串店里养了一只八哥。本想过去打个招呼，让人家帮忙留意着，可去了一看，小黑就在他们家。手串店老板说，昨天下午他突然看到一只大鸟在他店门前飞来飞去，挺奇怪，他便出门去看看。小黑发现店门开了，直接就冲了进去。老板赶忙回屋抓住了它，一看是一只干净漂亮的八哥，就先把它放到鸟笼里，与他家的八哥小丑关在了一起。

他哪知道，这里正是小黑私奔的归宿。

主人见到小黑时，它当然不肯离开它们真正的爱巢。见主人要抓它走，小黑"哇啦哇啦"地表达着它的强烈抵触和抗议。主人哪想到它在度蜜月，当即把小黑抓回了家。当它们悲愤交加的时候，它们一定在喊："求求你啦！别把我们分开！我们也有爱情！"

可惜这样的人话，它俩都不会说。

小黑被强行抓回家后，刚开始的半天一声不吭，之后不停地叫。主人没办法，又去手串店，想和老板商量一下，让小黑和小丑在一起养几天。她去了才大吃一惊：小丑在小黑拿走当天，死了！

想想小黑和小丑度过了怎样短暂而又漫长的幸福时光，它们一夜走完了一对恋人从新婚到白头、幸福而悲壮的旅程……

"与其在悬崖上展览千年，不如在爱人肩头痛哭一晚。"小黑做到了。

看着小黑在窗前孤独忧伤的神情，主人真的着急了，朋友们也都跟着着急了。大家都在努力想办法，尽快帮小黑找个对象。

但愿小黑能遇见另一个"小丑"。

第五辑

山　河

十五道沟和十四道沟

一

那年初夏，游湘西凤凰古城，夜里与同伴们漫步沱江边，对一句广告语印象颇深：湘西的魅力在哪里？在沈从文的书里，在黄永玉的画里，在宋祖英的歌里，在印象湘西酒吧里。

每每想起那句话，赞叹的同时，总有些不大服气，总想为生养我们的长白山找到一句属于它的表达：长白山的魅力在哪里？在神山圣水的怀抱里，在万物共生的天堂里，在林海雪原的故事里，在北方民族的传说里，在抗联将士的魂魄里。

二

若提起长白山最有名的风景,当属天池和十五道沟(也叫望天鹅)了。天池早就闻名遐迩,而十五道沟于今也美名远播。

民间有言:南有九寨沟,北有十五道沟。话虽这样说,但若论景区幅员,十五道沟远不及九寨沟的宏大;再说两者虽都以水为美,若论溪流清澈潺潺,十五道沟也远不及九寨沟的静阔。

然而十五道沟自有它的"天然一段风骚",且不说它独有的玄武岩节理石,也不说岩上那大大小小的瀑布,它最大的魅力蕴藏在它的四季风光里。

刚刚下了一场大雪,此时的十五道沟,好一派冰清玉洁!平时或宽或窄、或长或短、或急或缓的大大小小近二十处瀑布,早已被严冬凝结成了千姿百态的冰王国。

看那石壁下一排排冰瀑、一条条冰挂、一簇簇冰柱,有的似座座冰墙巍然屹立,有的婉若游龙定格在悬崖之上,有的犹如竹笋从雪地上拔起,冰封之处冰清如玉,晶莹剔透;加上雪花飘飘,漫山雪松树挂,好一个大自然的鬼斧神工。而那条顺沟而下的十五道沟河,虽未冰封,却变得更清冽,更温柔了,溪间的露石,被雪覆盖成一团团的雪蘑菇,成了冬日溪中独有的景致。整个十五道沟进入了童话世界。诗友有诗云:

霞染层林一抹红,山排次第挽成弓。
云擎玉幔高遮树,雪舞飞花半落空。
曲水争流酬岁月,危岩斜挂傲苍穹。

遥观冰瀑列奇阵，荡起心潮入韵中。

　　春天的十五道沟，其妙趣在变幻中。
　　白色冰瀑、厚雪，随着天气变暖，在一点点地消融、褪去。而绿色，在一点点地生发，洇开，加深，扩展，从无到有，由浅到深，由点到面……白色的褪去与绿色的浸染，缓慢地、接替和谐地进行着。那绿色从苔藓的着绿开始，从花草的露头开始，从柳梢的返青开始，慢慢地，浓了枝头，绿了山丘。
　　冰和雪，携着手，依依不舍却又义无反顾地与春天作别，与绿意作别，最终退出春天的舞台，让绿意尽情绚烂舞蹈。
　　最应该用缩时拍摄的手法，把它们的告别记录下来，回头细细品赏。
　　走进夏日的十五道沟，高高低低、张扬伸展的绿树花草们，争抢着为你提供超级清新的空气。
　　而十五道沟的水，特别是那岩上大大小小的瀑布，你一进景区时，便欢唱起来。它们先声夺人，大有压倒一切的气势。你越游越发现，它们优势明显：瀑布多、水流急、气势汹，且多点开花，远观烟霞弥漫，近听溪瀑和鸣。有高音还有低音，有协奏还有独唱；不听西洋有民乐，不爱高亢有禅音。尤其那水清甜可口，谁见了从岩上流到路边的溪水，都忍不住会捧一捧、饮一口。这一饮的清纯，如同你和心上人喝了交杯酒，就定下了你和十五道沟的姻缘，今生你走到哪里，恐怕也忘不了它了。
　　而玄武岩在这一片绿色和帘瀑的映衬下，更显得特立独行，它们哪甘示弱，静静地、威严霸气地，却是成功地抢夺了你的眼球，纷纷向你亮出十八般兵器和武艺：天书展册、蜂窝天巢、千手观音、九霄天梯、文房古匣、阎罗泼墨……这天然造化的景观，在溪瀑与绿树的映衬下，尽显其恢宏气势，令人叹为观止！

秋天的十五道沟，定是以色彩取胜。随着长白山色的不断变换，五花山色的渐次形成，山林披上了七彩的绸缎，漫山遍野红的似火，黄的镏金，绿的如黛，浓浓淡淡点亮了长白山的秋色，如同一出大戏，渐入高潮。入目所及，浓墨重彩，如诗如画，惊艳了眼眸，震撼了心灵，瞬间卷走了那"自古逢秋悲寂寥"的愁绪，令人心旌摇荡。

五色斑斓的彩林与清澈见底的溪水相依相伴，共同描摹着秋的万种风情，拥山光水色入怀，戏落叶秋水缱绻。

三

通水之道为沟，据史料记载，长白山以序数排列的沟很多。鸭绿江上游自天池发源，由北向南流，右岸有二十四条支流，流经处形成二十四道沟，沟沟有风景。

游过十五道沟的人，大多没去过十四道沟。从十五道沟入口，沿公路西行约四公里，就到了十四道沟风景区，可先在路边的鸡冠砬子村停下。

鸡冠砬子村因村中有一小岭，岭上群峰貌似鸡冠而得名。远望鸡冠秀峰，冠不算多，却斗美争奇；峰不算高，但傲骨耸立。村南紧靠鸭绿江，江中沙洲、礁石星罗棋布，恰似绿色地毯上镶嵌的宝石，在云雾氤氲中闪烁。奇峰、怪石、蓝天、白云、鲜花、青松，天工巧缀水天间，诗满群山画满江。春天里，杜鹃绽放，山花烂漫；夏日间，山清水秀，渔歌唱晚；金秋季，漫山红叶，层林尽染；严冬时，玉树琼花，银装惊艳。村北静卧石门湖，湖面白鹭携野鸭齐飞，碧水映蓝天一色。

石门湖北枕瓮圈砬子，山顶有两大片千亩高山草原，此乃夏季户外登山绝佳之地，千米的高程，一个半小时的行程，且在途中闲赏，有奇峰野林山花护佑，有鸣虫彩蝶小鸟相伴；及至高处回望，一江一湖一冠皆尽收眼底，那山那水那田构成一幅绝妙的山水画卷。待到山顶才发现，美景如帘，大幕瞬开，盈盈蓝天，悠悠白云，辽阔草原，美丽山岗，丰茂牧场，成群牛羊，满目山野风情，如同天上人间。双腿消疲顿感轻，胸怀豁朗倍清澄；人间致景登高处，无限风光在顶峰。

2016年6月18日，中国长白首届高山草原露营节，也是那年全国规模最大的露营节落户于此。两千驴友，百顶帐篷，天上繁星点点，地上篝火熊熊。那晚，千亩高山草原变成了欢乐海洋。驴友们在此赏美景，拍晚霞，观日出，晒微信。从此，十四道沟名声远播，游人不断。那正是：

　　景色美，勾引客八方。碧水秀峰绿草地，闲云野鹤唤牛羊。急见那风光。

四

游完十五道沟，再游十四道沟，仿佛从一个桃花源，又转到另一个风格迥异的桃花源，那种感觉很奇妙，甚是兴奋。

它俩仿佛一个动，一个静；一个说，一个听；一个丰盈，一个空达。它们是兄妹，或更像是一对情侣，或更像太极之两仪。

两个事物一旦在视觉效果或内容上形成强烈反差，定会令人印象深刻，终生难忘。恰如白天在寒风吹彻中艰难登完了一段箭扣长城，晚上却安静地坐在北京音乐厅里聆听经典电影浪漫金曲音乐会。或如一位从小生长在大山里的人，今天第一次来到大海边，静静地坐在细细的金色沙滩上，面朝大海，听涛拍岸……

我一直有个自以为是的想法，十五道沟门票上的旅游路线图，应把十四道沟加上，因为它们离得这么近，又都是很值得一游的特色鲜明的长白美景。

顺路的美景，焉能错过？

白山六月天

当南方骄阳似火的时候,六月中旬的白山,晚上还要盖被子,早晚散步仍需穿着长袖。白山近期持续两周的阴雨天,仿佛把人们带入了南方的梅雨季节。直到今天,终于迎来了一个大晴天,我也恍然醒悟——这是白山的六月天。

午睡醒来,天空仍旧和上午一样万里无云。院子里长满葡萄树、樱桃树,还有芸豆、黄瓜、角瓜、卷心菜、西红柿、茄子等各种蔬菜。十几天来,它们早已喝饱了雨水,尽情地享受着光合作用,微风轻抚,阳光明媚,风调雨顺,该有的都有了。此时是它们最开心幸福的好时光。葡萄架下的麻雀变得从没有过的温顺,不那么一惊一乍了,有些懒洋洋的;喜鹊的叫声除了脆亮、喜气,似有一种悠闲的满足感;邻居坤哥家的那条爱犬趴在大柳树下已进入了酣睡状态。

身边的植物和动物们似乎都在提醒我，该一起享受白山的六月天了。我忽然闪出了一个念头：去趟北山公园吧。

今年还是头一次来北山公园，一进公园门口，见一处大排档，有游人正在撸串喝啤酒，一定是已游完了山的人开始爽了起来。沿着环山的林荫路，我一边呼吸着山林中的新鲜空气，一边和着游人慢悠悠的脚步。近处的草坪上，有人已支起了几顶小帐篷；不远处的树林中一位女士正在唱卡拉OK，纵情歌唱；路旁一些游人在亭廊里，或坐着或躺着，享受着美好时光；有一家人在一簇灌木花丛前驻足，他们在观察着、议论着花间的一只大野蜂是马蜂还是蜂鸟；继续慢行，一位年轻的父亲正在招呼自己的儿子过来观看一条他刚发现的小蛇。

走到北山北侧的环山路，树木更加高大茂密，微风吹得树叶哗哗响，鸟儿美妙的歌喉不停地鸣唱，似在欢迎我这位稀客。在一处运动休闲的空地，大人们在展示自己高难的爬杆技巧，几位小男孩则荡起了秋千。

六月的白山，山中的树木花草正是疯长的青春季，该开的花尽情绽放，已挂果的各种山果，也都露出了模样，这是大自然最充满活力和希望的季节。而作为游人，你在树荫下漫步固然清爽，你在阳光下徐行亦是暖洋洋，不论走在哪里，身心都是那么通透、畅快、舒坦。

据媒体报道，小长假期间到长白山天池和十五道沟景区的游客数量再创同期新高。此季来长白山旅游，游人们除游览长白山大美神奇的自然风光，更乐享这里凉爽的气候、清新的空气和淳朴的民风，正是：

南国掀热浪,关外享清凉。

此有桃源地,无心访异乡。

我已顾不得自己的文笔是否流畅、华丽,我只是迫不及待地想记录下今天——今天是白山的六月天。

远去的狐狸

天 池 拉 幕

数临天池,我发现神秘的天池,有时神秘在它上面那层时有时无、时浓时淡的雾。

当天晴日朗,天池如一面巨大明镜照临眼前时,你的心绪不自觉地被感染,一如天池通透明澈,你便忘了雾的存在。而当你再访天池,遭遇大雾,此时的你,与天池水面虽近在咫尺,却无缘相见,你陷入大雾的重围,跌入失望的冰谷。你重新认识了雾的存在,你也开始重新考量天池的神秘。

几次来,我都如愿以偿地与天池相见,心下窃喜,飘飘然觉得自己是个有福泽的人。此次与好友们同登天池,来的路上我自告奋勇当起导游,介绍天池从低到高景致变化的特点,北坡、西坡、南坡的迥异风华,岳桦林和松桦恋的奇绝风姿,一路信心满满,相信好人定有好运。待到顶峰,才发现大雾弥漫,十多米外只闻人声不见人影。同游的藏族小伙儿白玛邓周似乎颇有经验,他鼓励大伙儿说:"没事没事,风这么大,雾气一会儿就吹开了!"他用藏族人特有的虔诚,面朝天池,不停地吹口哨。他和大风一起吹,吹了很久,也没能吹开一丝雾的心扉。

冷风费力地搅动着浓雾,浓雾就变得很有质感,像杯子里榨过后渐渐变灰的果汁。又或者,抛些颜色进去,雾气会不会就能发出暗沉的霓虹之光呢?我的思绪万千终于没能抵过冷风呼啸,在浓雾中苦撑了半个多小时后,我妥协了。我把好友们带到停车场附近的哨所里休息。

在哨所里我们相互鼓劲,坚定信心。再回到天池顶时,却发现风更大,雾更稠。我尽地主之谊的豪情在这一刻几乎丧失殆尽,来长白山如看不到天池,就像一部剧没看到女主角,读一首诗没读到诗眼,抱憾一时袭上我心头。令我欣慰的是,好友们对此不但没有半句怨言,还一直情绪昂扬地在观景带来回走动,偶尔见到风吹大雾露出半壁峭崖,就迸发出一连串孩童般的欢呼声。

在大雾浓锁中等待见天池,该是每个游人所经历的最敬畏、最期待、最不安、最无助的等待。

"吹开了,吹开了……"忽然有人高喊。果真,天池终于露面了,虽然只是半张脸庞,却也美得摄人心魄。游人的兴致瞬间被点燃,之前的等待原来不过是朝圣必经的心路啊!大家赶紧拍照,与天池合影留念。过了一会儿,天池好似不胜游客的热情,娇羞地躲进了雾帘后面。大家就怅怅然了。可是不一会儿,天池竟然又露面了,还是犹抱琵琶半遮面的那种。我相信天池的灵性,它必定是被我们强烈的信念感召,才冲破重重迷雾与我们相见。

如此反复几次,想来天池也已尽力,我们也就心满意足地下山了。

路上,我对好友说:"你今天看到的景象,是最难得一见的、最著名的——天池拉幕。"

是的,天池拉幕,反复拉开的幕布,冥冥中,是否意味着有戏在后头?

我见青山

带着刚刚看到天池的兴奋,我们游览北坡下面几处风景区。

天池之水在北侧溢出后,经乘槎河豁口喷泻而下,形成落差六十多米的瀑布,这就是著名的长白瀑布,松花江之源,我国东北最大的瀑布。瀑布口有一巨石,将河水切为两股,远远望去,恰似两条玉龙从悬崖上一跃而起,纵身而下,以雷霆万钧之势扎向深深的谷底,落地溅起几丈高的飞花,水汽弥漫开来,如烟,如雾,如尘。我选了一处最佳的位置,静静地眺望那奔流不息、纯洁如玉的瀑布良久,瀑布的滔天气势激荡着我的心潮。待转头,有一条素溪竟映入眼帘。溪流淙淙,欢跳不止,这又是水温柔可人的一面了。想来无论是瀑布奔流的水,还是溪流灵动的水,最初的它们是如此纯净,纯净到让人不忍触摸,连临水自照都怕玷污了它。那一刻,我的感受是:我见到了水的初心。

上善若水。水善利万物而不争，处众人之所恶，故几于道。

其实每一股溪流，都如天池水一样，它们从源头一直流向大海，初心不改，改变的只是岁月的匆匆过客们。

不知从何时起，每当我见到美景时，总是心存敬畏地拍几张留念，人却是坚决不纳入镜头的。在至美绝伦的自然风景面前，人的加入，实在是多余的点缀，是对鬼斧神工的亵渎，甚或还是一场侵入呢！其实，无须太多想象就能想见：当一个人站在那里，自以为是地摆出种种造型，要与仙境同框，还要想当然地让美景做衬托。与其这样多情，倒不如安安静静坐下来，用心与自然相对，境界就出来了，那个境界就是："我见青山多妩媚，料青山、见我应如是。"可是这样的人，千古就出了一个。

看过了绿渊潭和小天池，我们来到地下森林景区入口。一条木栈道负责把游客送进森林深处，往返有三千多米。但凡游客一进入长白山，总会先感叹一番空气清新。但与这里相比，又稍逊一筹，地下森林可是名不虚传的天然大氧吧啊！只见林海里繁多的针叶树、阔叶树，密密麻麻无边际；健壮的大树直插云霄，四周又不乏纤小的幼树，大小粗细相互衬托陪伴，张扬出一派看似不修边幅，却又极其和谐的自然美。阳光经枝叶细细筛过，照在密林里，恍然一幅斑驳迷离的画。森林旷古幽深，满地松针、苔藓、枯枝。横七竖八的枯树也随处可见。它们有的年深日久早已朽烂，有的将倒未倒斜倚旁树，有的固守原地依然峭拔挺立。它们虽生机殆尽，但是那份历经繁华后的沧桑风骨，却依然透出傲视时空的壮美。

已倒下的，或枯干未倒的，在诉说着历史；挺立蓬勃生长的，在续写着新的年轮。

一切都生机盎然,一切又都锈迹斑斑;一切在现实之中,一切又仿佛在尘世之外。空间的隔离,时间的幽藏,让每一个来这里的人都觉得浑身被濯洗,心灵被净化。借助于人类自己修筑的栈道,我们得以进入原始森林——植物和动物们的领地,而我们的介入到底是一种什么角色呢?

我们是重新回归还是在试着融入?这些植物和动物们(能遇见到的或藏在森林深处的)真的欢迎我们吗?我们的到来,是友好的拜访,还是对它们宁静生活的干扰?抑或我们于它们,只是多余的陪衬……

小 狐 之 死

正午时分,我们来到北坡之旅的最后一站——长白山红松王景区。景区一位年轻的工作人员,主动当起我们一行人的导游。这是一位热情健谈的小伙子,一边带路一边向我们介绍:这个景区因一棵被誉为"红松王"的千年红松树而得名,红松王高近四十米,树直径一点八五米,是目前发现的距天池最近的一棵千年古树。长白山火山有过多次喷发,从 16 世纪开始,分别在 1597 年 8 月、1688 年 4 月与 1702 年 4 月,有过三次喷发,最后一次距今三百多年。这棵红松经历了三次火山喷发的劫难依旧独活,堪称生命的奇迹,由此被誉为"长白山第一圣树——红松王"。

小伙子还说,这个景区因游客相对较少,地僻林深,狍子、野鹿、狐狸等野生动物经常出没,如果你们今天运气好,说不定还能见到狐狸呢。

话说完没一会儿,他忽然"呀"了一声:"你们看,狐狸!"我们顺着他指的方向看去,只见前方一百多米远的栈道上,果真站着一只小赤狐。我们按捺着内心的好奇与狂喜,慢慢向它走近,抓紧拍照。这是一只漂亮到令人惊讶的小狐狸,它背部和身体两侧的毛色是棕黄色的,腹部白色,四肢黑色,蓬松的黑色大尾巴,尾梢缀以白色。看似不搭的几种颜色,在它身上,却有着浑然天成的美。它两耳竖立,弯着一双乌溜溜的眼睛,盯着我们看。

我们正暗自猜想它怎么不怕人的时候,它忽然扭身开跑,跑了几步停下来,侧着身子,整个地把一张脸朝向你,还是那样地凝眸看。等我们走近几步,它又开跑,等距离拉开,再停下来。如此反复几回,我们懂了它的意思:它是要带我们去一个地方。

我虽然第一次见到狐狸,但关于狐狸的种种传说,却也耳熟能详。都说狐狸聪明,通人性,现在看来,似乎确实如此。

那么,这只狐狸的等待和引领,到底意欲何为呢?它一直将我们引到了千年红松王近旁。红松王高大挺拔,气场强大。一树称王,万树称臣;一朝发现,世人朝拜。如今,它已红缎加身,围栏相护,香火不断了。我们向红松王深深低下头去,表达内心的崇敬之情,然后按导游的建议,沿护栏外顺时针绕松王一周,刚行至一半,就见前方栈道上坡处趴着一只大狐狸,看见我们也不慌张,直到我们走到距离它二十多米的时候,它才慢慢起身——它明显比那小狐狸胆大沉稳得多。它走几步,转头回视我们,再走远几步,再回视,与刚才小狐狸的行径如出一辙。身边一个友人说,狐狸越老,它的脸长得就越像人脸。我于是仔细看它,真的呢,这只大狐狸的脸真的很像人脸。当我们绕红松王一周回到原位时,这只大狐狸与之前的小狐狸会合。两只狐狸在前方不远处站定,转头,还是目光幽幽地看着我们，似有什么心事。

小伙子解释："它俩是母子。这只母狐狸在春天生了七只小狐狸，我们很喜爱它们，就每天给它们投食，所以它们不怎么怕人了。哎，你们看，它们把投食的塑料桶都啃坏了。"

我们就去看那个被狐狸啃坏的塑料桶，觉得狐狸的牙齿也真是够锋利的。这时，一位友人大声呼喊我们前去，原来，他在栈道下边发现了一只死去了的狐狸。

这只死去了的狐狸和引路的小狐狸差不多大，毛色也相差无几，显然它也是母狐的幼崽。它蜷在那里，像是安静地睡着了。阳光照在它身上，它的皮毛闪闪发光，恍惚间，我感觉它要跳起来了，跳起来跑开去，留下一地"哗啦啦"的笑声，像一个调皮孩子的恶作剧。或者，哪怕它是受伤的也可以呀，我们还有施以援手的机会。但是最后，我不得不接受它确实死掉的事实。一路欢喜的心境，瞬间被无可名状的伤感侵袭。我问小伙子："你看它究竟是什么原因死的呢？"他也说不清楚。我们仔细察看了小狐狸的身体，没有外伤，也没有被机关勒夹过的痕迹。那么，它到底是怎么死的呢？是被人下药毒死的？还是吃了服务人员投的食物撑死的？可是，看它腹部并不胀。那它是误吃了导游、游客投食用的塑料袋？塑料袋堵在肠胃里，活活被憋死的？

后来，我针对此事专门请教了医生，不排除这种可能……我不是个轻易情绪外露的人，此刻，却对着小狐狸的尸体黯然神伤。

想来我们大半天的旅行，仿若一场剧，天池为我们拉开序幕，我们从兴奋的喜剧开头，长白瀑布和溪流又为我们奏响欢歌，在地下森林里，我们有幸与林中万物做心灵的交互。而前往红松王的路上，狐狸的惊艳登场，把剧情带入高潮。然而在即将作别红松王的时刻，剧情发生了逆转，忽然以这样一出悲剧收尾……

此刻，高寿壮硕的红松王与短命将腐的小狐狸，形成了巨大的反差。也许，小狐狸不知道红松王，也不了解红松王的神通，更没有在生命的最后，向红松王乞求庇护。红松王自然也就没多事地乱撒慈悲。可人类呢？人类不是号称保护区的保护者吗？是的，人类曾经做了很多努力，现在也在不断努力着，努力扮演好动植物保护者的角色；可有时难免事与愿违，好心办了坏事。方法是比目的还要紧的。科学实验证明，人类过多关心野生动物，特别是幼小动物，会产生印随行为，将导致它们逐渐丧失生存的本能。是的，狐狸的世界我不懂，可是我懂的是，与其一厢情愿，倒不如相安无事，不要去干扰它们（狐和其他动物植物）的生活，还它们一片宁静的森林。

剧至尾声，狐狸母子也完成了它们的演出使命。那只小狐狸先退场，飞一般地跑掉了。母狐断后，它走出几步就回望一次，那样深长的回望啊，似有无限衷肠却欲语还休。及至与我们的距离拉得足够长了，它才小跑起来，然后加速度，越跑越快。它跑到山岗上忽然又停下来，侧身扭头而望。我能感觉到它目光里的温柔与哀伤，莫非它在与我们做最后的告别？良久，它转身，似乎是决然般地再次飞奔起来。它敏捷的身形掠过山岗，梦一般消失在我的视线中，却永远，永远，铭存在我的脑海里……

我呆呆地站在那里，无限感伤，心中默念：狐狸啊狐狸，你跑吧，跑得越远越好，越远对你们越安全。千万不要再回来了，广袤的大森林，才是真正属于你们的家园。

微信中的风景

　　我是大前年经不住好友们一再催促，才下载并用上了微信。之前，自己总有一种"微信微信，微微相信"的排斥心理，想象那里面也没什么神奇的。

　　微信有什么优缺点，只有用微信的人知道。微信方便了人们感情的沟通交流和信息共享，朋友圈、微信群进一步拉近了人与人之间的距离。它还有许多强大的功能，比如，可以购物消费、预订服务、游戏娱乐等，属实方便了人们的生活。总在里面漫游、散步、潜水，越来越发现，这里也别有一番风景。

　　有位大姐生活很有品位，她每天临睡前，喜欢在朋友圈里道一声"晚安"的同时，再发一曲优美动听的经典音乐，悠扬婉转的美妙乐音，谁会错过这"上帝的语言"呢？我睡得比较早，但第二天绝不会错过对每一曲的分享，当旋律进入你的心田，世界瞬间变得那么美好。

　　有两位诗友，每天在圈里或群里至少分享一首自己触景生情创作的诗词。欣赏他们的好作品，感受他们的好情怀的同时，敬佩他们的毅力和才华。其实，做自己真心喜爱的事情，只会开心，是不会感觉到累的。

　　有一位文化界的友人，喜欢每天在群里发二三个五花八门、诙谐搞笑的视频，每次打开总会逗你开心一笑。时间久了，某一天，他没有按时"视频联播"，你忽然会感觉，这一天像上学忽然停课了一样。

　　还有几位文友，喜欢在朋友圈中分享一些知名作家谈写作的文章或原创作品，这是我最喜爱读的。而喜欢旅行的朋友或在国外的朋友，常会和你分享国内外的风光美景，随着他们一起游山历水，虽不能至，然心向往之。

　　还有的前辈老师，时常会在群中，或单独发给你一些思想深刻、见解独到、启迪性很强的文章、讲座等，看后常会有所启发、有所收获。

　　当然，也有的朋友爱在朋友圈发无聊的广告，或在群中发一些大家不感兴趣的文本，当熟悉了某个人的品位后，或许就不再去关注他（她）发的内容了。

　　每个人或多或少，都会在朋友圈或群中发东西（也有极个别的一言不发）。你分享的内容是让别人看、让别人品的。别人在品你发的内容的同时，自然而然地会品到你这个人本身——你的兴趣爱好，你的修养，时间久了，圈里自有分别，心中自有分量。

　　任何事物总是利弊相伴，人们在享用微信带来的诸多好处的同时,也普遍认为使用微信占去了自己太多的时间。这也是必然的,如同父母生养了孩子,孩子给你带来天伦之乐、和睦之欢的同时,自然地,父母要拿出很大一部分的时间、精力和情感,来陪伴和抚育孩子。

对于一个新生事物,人们一开始往往是不太接受,甚至更多是排斥的。仅就通信联络而言,比如,我们最留恋的,人们最早开始使用的联络方式——书信、电报,虽然逐步被取代了,但那最终也是一道风景。再到后来的电话机、BB机、大哥大,曾经是许多国人羡慕的标配,也成为当时的一道风景。随着互联网兴起,QQ、微博、邮箱、微信等的广泛使用,直到现在的移动网络、智能手机,等等,这样联系起来一想,一个老旧事物被一个新生事物取代也许是必然的。

看来,一个时代自有一个时代的风景。你赶上了什么风景,就该去体验什么风景,没必要念念不忘不会回来的老风景,也没有必要执拗地抵制你阻挡不了的新风景。

无穷的远方,定有无穷的群。无穷的群里,定有无穷的风景。关键是,在你个人的兴趣和审美世界里,自己究竟喜欢什么样的风景。

别　错　过

"世界那么大，我想去看看……"对于风景，如今的人们常常向往远方的、外省的、外国的，似乎不出趟远门，不出行几日，都算不上看风景。

前几天和一位北京的朋友闲聊，他跟我讲，他曾问从小在北京长大的妻子，去没去过八达岭长城，妻子的回答竟然是从没去过。不要说别人了，就拿我自己来说，不算这次来京学习，之前加起来在京学习工作整整三年，北京的好多风景名胜居然都没去过。当年颐和园近在咫尺，总认为颐和园还用特意去吗？散步溜达就去了，在这种"身边的风景不着急看"的观念主导下，三年过去了，最终也没溜达进颐和园。

不屑流连常伴景，只缘身在此城中。试问，我们每个人对自己长期生活的城市风景都很熟悉吗？其实，只要有意识地慢慢去熟悉、去欣赏一座城市，就会萌生出进一步了解它的自然风景、历史名胜、社会人文、街巷胡同的冲动，进而渐渐地更加喜欢它、爱护它。

这次又来北京，许是人到中年，终能反思琢磨出些人生滋味，自己提醒自己，再也不能错过那些城里的风景了！我给自己做了个小规划，毕业前，利用课余时间，一定去游览一下北京的著名景点，刚刚去了颐和园、天坛，接下来要去八达岭长城、故宫、圆明园、国家博物馆……还要到国家大剧院和首都剧场看看京剧、话剧……总之，再也不能给自己留遗憾了。

对于从小在农村长大，后到城市生活有了一定人生阅历的人们都能体悟到，不但不应该再错过城里的风景，也不应该错过乡里的风景。

我从小在长白山区农村长大，每年母亲带着我们兄妹春天进山采山菜，秋天采蘑菇，秋冬季父母领我们割柴火。那一道道岭，一条条沟，曾经是那么熟悉、那么亲切。年少时受好奇心的驱使，或是跟着大人，或是和小伙伴一起，走村串亲，自以为方圆几十里都很熟悉；然而几十年过去了，回过头再盘点一下，有许多地方却真的不曾去过。特别是随着岁月河流的流淌，有些曾经清纯的记忆渐渐模糊了，那就不妨重温一下。

8月初回家乡，正值草木疯长的季节，我和妹妹冒着酷暑和蚊虫叮咬，在茂密的树林里，穿越了少时经常上山砍柴的夹坡沟。这种感觉既是在穿越一座山，更是在穿越一段岁月，终于了却了自己的一个心愿！

> 故乡山岳梦思久，今日得闲携妹游。
> 脚下叶深藏岁月，眼前藤密系春秋。
> 清纯气味林中漫，大美风光岭上收。
> 一路捡拾年少事，欢声惊起鹤啾啾。

我和妹妹商量，找机会还要去探探我家对面远处高山上那个神秘的仙人洞，据说这个洞有四五百米深，里面遍布的钟乳石，很是壮观。

游子离家久了，经历多了，有时难免会累的。不妨收收心，稳稳神，回过头耐心品味一下曾经长久陪伴你的、而你却总擦肩而过又不曾驻足的风景，那一定会是"别有一番滋味在心头"。就怕城里的风景不去知晓，乡里的风景也渐渐地遗忘掉了。

外面世界的风景如此，人生中内心情感世界的风景又何偿不是如此？走南闯北，似乎格局越来越大，友情的圈子也越来越大，这是缘分、是好事，但人生中最需要自己去珍惜的，并不都是外面的世界，恰恰是我们身边的或远在故乡的最关心你的亲人和好友，给予我们的那些看似平平常常的关怀陪伴、那些平平凡凡的日子。

这恰是我们不能错过——关键是错过了就再也找不回来的最美风景。

桥 畔 风 景

　　每次回老家，都要走过太子河桥、岗东桥、老屋后的石板桥。

　　离开家时则是相反的顺序：石板桥、岗东桥、太子河桥。桥，如同一个人的成长轨迹、生命历程，小、中、大，以至无限的远方。但不管你走多远，自然而然的还要按大、中、小的顺序时常回来，随着年龄的增长，回来的次数会越来越多。

　　俗语说，我过的桥比你走的路还多，可见桥在人心目中之重。桥，有时象征着一个人走过的心路历程，记录着每个人的人生轨迹，映射着人生的宿命。桥畔常常寄存着悠悠岁月和绵绵乡愁，时间越久，越堆积起更多我对桥的特殊情感。

　　小时候，记忆最美好的，就是夏天和小伙伴们一起在太子河桥下戏水捉鱼。印象最深的是七八岁的时候，第一次横渡太子河，它的距离也就是太子河桥下相邻的两座桥墩的距离，但对孩子们来说，它近似于一个成人礼，需要和大孩子们申请，在他们的护佑下，壮着胆子，使出浑身的气力，猛憋一口气扑腾扑腾游过去，终于游到大孩子引导指定的安全区。尽管大口大口地喘着气，小心脏连累带紧张怦怦地跳，然而毕竟游过了这从未游过的二三十米的深水区，仿佛一下子成年。前些年，我还写了一首诗《第一次横渡太子河》，诗记这段难忘的距离。冬天里，和小伙伴们在桥下滑冰，小孩子滑爬犁，大孩子滑"单腿驴"，速度飞快，滑出那个年代简单纯真的快乐。

不管游出多远，滑出多远，始终是在太子河桥的视野里、怀抱里。当年的童话故事，好多在这座桥畔发生。

小学课堂上，我读到了印象最深的说明文《赵州桥》，要说印象深，一则了解了它的神奇伟大，赞叹古人的智慧勤劳；二则我一直幼稚地把它和我家乡的太子河桥做比较——我的太子河桥也不差，比赵州桥还大呢！更主要的是，那是我儿时的乐园，梦想的出发地。

当我上了高中，考上大学，离开了家乡，见识了越来越多的桥：南京长江大桥、湘西矮寨大桥、舟山跨海大桥……当然还有文学艺术作品里的，像百看不厌的南斯拉夫电影《桥》、牛郎织女七七相会的鹊桥、张飞"当阳桥头一声吼，喝断桥梁水倒流"、白娘子与许仙会断桥……回头品品那林林总总的桥，最富戏剧性的桥，当属南斯拉夫电影《桥》里的那座桥，为了阻断德军退路，赢得战争的最后胜利，那位工程师作为桥的设计者，最终亲自炸毁自己心爱的作品，并与它同归于尽。最浪漫的桥，应该是七七鹊桥，这个千古流传的美好爱情故事，如今已演变成中国版的情人节。最冷漠的桥，是如今大城市里的各种桥，如余光中在《登楼赋》中所言："纽约有成千的高架桥、水桥和陆桥，但没有一座能沟通相隔数英吋的两个寂寞。"

相比那些个"最"，我更喜欢桥畔的诗意，画感。

桥，在文人墨客的笔下，成了绕不过的风景，是抒发情感、寄托情思必走的一段路，必衬的一个景，必着的一点墨，至美风景必有桥，离桥不远必有诗。桥既乐意担当风景主角的美差，也愿意承受岁月记忆的刻痕，它常常令你驻足，时常勾你回忆留恋。未动心处似缺美，情难抑时每留诗。"枯藤老树昏鸦，小桥流水人家……"这幅画里有人声物语、有岁月沧桑；"蓝桥春雪君归日，秦岭秋风我去时"中的蓝桥，寄放着真挚的友情和无尽的惆怅；"你站在桥上看风景，看风景的人在楼上看你……"此时此地，你和桥都成了风景，你还成为了楼上人的钟情。就连我自己游了颐和园的十七孔桥，也学着赋诗一首：

> 春风微醉柳丝摇，日影湖光心静调。
> 兴起西堤游未尽，君说暂到十七桥。

因为职业的需要，在北京待了几年，渐渐发现北京也可算得上是桥的博物馆了，不仅数量多，而且不少古桥都有尘封的故事。去了几趟圆明园和颐和园，细细品味那里后建的桥，和残留的桥。圆明园在最兴盛的时期，有近两百座建造精美的桥梁。实际上，当年由那些桥连缀起来的"六海"，乃至"三山五园"，都是皇家苑囿，老百姓是没有资格进到这里来赏景游玩的。皇上感觉在这儿适合休憩，那就建个寝宫好了；皇上喜欢南方园林美景，那就南景北移，大建特建南方风格的园林；皇母对江南的景致念念不忘，皇上为博得母亲的欢心，便在后湖两岸大兴土木，建起了仿江南水乡风格的数里长的苏州街；皇上听说西方的建筑美，那就让洋人亲自来设计，建一片西洋楼，包括大水法。

当一个皇权腐败到把造军舰大炮的钱，都用来建造享乐游玩的宫苑亭楼、湖海廊桥的时候，它离灭亡也就为时不远了。

1860年，英法联军闯进北京，洗劫和焚毁了圆明园，成为中国近代史上的屈辱。如今，眼见圆明园敷春堂西宫门外那座唯一保存至今的残桥，残石零落，桥拱摇摇欲坠，像一位饱经沧桑、风烛残年的老人，他才是那段屈辱岁月的真正见证者，他心里仿佛有无尽的委屈和忠告要对路过他的今人诉说，那应该是最屈辱的桥……

在北京，让我沉思最多的是号称"燕京八景"之一的卢沟桥。卢沟桥畔那些工匠们精心打造、国人们引以为傲的千姿百态的狮子，终也抵不住侵略者全面侵略中华大地的禽兽之旅！因为在真正的野兽的眼里，你们这些狮子只是些摆设，根本不咬人，太软弱了，不堪一击。

有时在桥上发生的故事，足以决定一支军队、一个民族的命运走向。

1935年5月26日，红1军团第1师第1团，在安顺场胜利渡过了大渡河，但数万红军主力在国民党军前堵后追的形势下，要迅速渡过大渡河，只有火速夺下大渡河上的泸定桥。担负夺桥任务的红2师第4团，在敌人重重阻击、道路崎岖难行的情况下，创造了一昼夜奔袭一百二十公里的奇迹。5月29日下午4时，总攻开始，全团数十名司号员组成的司号队同时吹响冲锋号，所有武器一齐向对岸开火,二十二名勇士组成的夺桥突击队,在队长廖大珠的率领下,踏着铁索,冒着敌人的枪林弹雨,奋勇冲向对岸,红4团英勇地夺下了泸定桥,取得了红军长征中的又一次决定性的胜利,创造了世界战争史上的奇迹。二十二勇士中有四位壮烈牺牲。每当我读到相关的文字,或是看到这段历史的影视片,总是心潮澎湃,眼里总会情不自禁地流出感动的泪、崇敬的泪……今天的我们是否对英雄的谈论太过吝啬甚至有失偏颇?我们至少在自己心里,该为他们树起二十二座永恒的丰碑!

如今,桥的故事随着人类的想象力一直在延续。世界上最高的桥、最长的桥、最险的桥等等的记录,总在不断被刷新。以人类的智慧和能力,无法预测未来会把什么路桥修往何方……但人类自己的心桥却成了难解的心结。多少愁恨、多少隔阂、多少误解、多少嫌怨、多少嫉妒、多少争吵、多少歧视、多少欺辱、多少对立、多少战争、多少杀戮,因为心桥无法联通而难以和解消弭。对此,饱尝闭关锁国之苦果、饱受内忧外患和战乱频仍之苦难的中华民族,更有着刻骨铭心的感受。当改革开放的大门一经打开,中华民族以前所未有的激情拥抱世界,以最大的诚意、最大的热情,着力推动构建人类命运共同体的桥梁,它们若血脉滋养,似春风轻抚,世间所有秉持和平理念的人们,无不欣欣然而向往之……

岁月不羁,铅华尽染,但沿途那些关乎桥的风景,却始终在我的脑海里熠熠生辉。而记忆最为深刻的,除了家乡的太子河桥,还有跌宕在记忆深处的那座石板桥。当年上大学,每次假期结束离开家时,奶奶都要拄着拐杖送我到那里。她立在那块石板上,不再远送。这座小桥，伴着奶奶拄着拐杖佝偻的身形、满含泪水的目光，构成一幅沧桑唯美的油画。今生今世，无论我搭建起多么伟岸的人生之桥，她都是我心中最眷念的桥上最情深意重的风景。

西北印象

流金七月,天高地阔,万物勃发,不忍辜负这份夏意正浓,于是欣欣然和友人来了一次大西北之旅!

西北是来了第一次,还想再来的地方!

那片海

游青海湖,最好能赶上个好天气,否则真容易辜负了那片海。

青海湖是我国最大的内陆咸水湖,被誉为中国最美的湖。它曾经是大海的一部分,是大陆上升、海水退却时遗留下的女儿,因而有着大海的辽阔与恬静,气韵非凡。青海湖古称"西海""羌海",又称"鲜水""鲜海",汉代也有人称为"仙海",北魏起更名为"青海"。青海湖,既有王母娘娘"瑶池"的神话,也有文成公主

"和亲"的传说。

7月9日下午，从西宁驱车二百公里，我和两位同伴到达青海湖最著名的二郎剑景区。那日，阳光明媚，微风徐徐，低低的白云像接受了指令，全部退到远山处，留给湖面上空一片纯粹的蓝天。湛蓝的天空通透如宝石，在天空的映衬之下，万顷湖水像华丽抖开的纯色锦缎。目光所及处，碧水共长天一色，水鸟伴湖鱼起舞，雪山同祥云相拥。

我戴上不习惯戴的近视镜，我急切地想看清楚这海之蓝……

当我近距离观赏青海湖时，我第一印象是：它是海！因为它寥廓无垠，蕴涵深远。看最远方，是看不到岸的，只见白云升腾；最近方，能见到岸的，群山相伴。若与大海相比，它无风微浪，博大壮丽中不失俊秀温柔，磅礴奔放中不失含蓄委婉。

坐在观光渡轮上，无论从哪个角度去看青海湖，都是一幅辽阔美丽的油画，把人加进去，似乎煞了些风景。

拍吧，任何角度任何距离，都是极美的，美得令人感动又雀跃，干脆用手机录像，留着以后好好回味，也好发给亲友分享。

游青海湖期间，我开始了解到青海还有海东、海西、海南和海北。随着旅行的深入，我对青海由陌生到渐渐有了自己的看法，其实，除了湖之海，整个青海省堪称陆之海，是自然美景、人文地理的海洋。

从人文风光的视角看，西宁是青海的人文地理中心，从那里向四周延伸出五条文化带：河湟谷地、青海湖区、唐蕃古道、黄河流域、青藏一线，共同构成一片人文的海洋。

从自然地理、民族构成的视角看，青海像一只兔子，青海湖是它的眼睛。以青海湖为坐标，四周环绕着西宁市和海东市、海西蒙古族藏族自治州、海南藏族自治州、海北藏族自治州、黄南藏族自治州、果洛藏族自治州和玉树藏族自治州。除了西宁市以外，人们简称青海为"东西南北黄果树"。既好听，又好记。

好一片神秘多元、令人神往的民族地理之海。

游完青海湖，同伴宋老诗兴大发：

　　海阔河清碧水柔，山川峻美一眸收。
　　青峰幽谷钟声远，翠岗深峡暮色留。
　　入海二郎呼众客，出湖美女系牦牛。
　　原生丽景催情涌，乘艇扬波任我游。

我亦有感而发，以诗记之：

　　一色水天揭巨幕，山低云远配蓝图。
　　省名听起思风景，华夏独尊青海湖。

读万卷书，行万里路。湖之海、陆之海，最终是要走进自己的心之海，走遍万水千山，最终是为了海纳百川，博大通畅自己的心胸气运！

游完了青海湖，乃至后面线上各景，若问自己有何变化？是晒黑了皮肤，疲惫了身躯，赢得了亲友们的点赞，还是丰盈了心灵？我更希望自己的心之海发生些微变化，努力变得更加包容大度，更加悲悯苍生，更加热爱自然，更加认识到自我的无知与渺小。

我该真心地感受，最卑微的人对美好生活的追求；我该从心底里宽容，我的知己曾经的过错与缺点；我该逐渐地认同，诗人为什么总有那么多的愤懑和牢骚；我该重新地理解，以往常常难以理解的、个别人的习惯做法；我该用最真最纯的情感去读懂，贫穷的孩子那人世间最清澈的目光……

路过德令哈

7月9日晚，我们露营在青海湖二郎剑。7月10日上午游完茶卡盐湖，简单午餐，我们向大柴旦进发。

印象中，这一段要经过神往已久的德令哈市。想着想着，它就来了，前方出现了"德令哈东"收费站。我让坐在副驾驶位置的朝晖拍张照发我。因为旅行社的行程里，在德令哈市不停留，我只能略有遗憾地在朋友圈晒了条"路过德令哈……"配上几张照片。

不想，有几位朋友立刻读懂了我的心思。

一位朋友立刻发出了海子的《日记》原文。

还有一位感慨道：因为一个人，我们都记住了一个名字——德令哈。谁还在这里吟唱？诉说着内心的冷暖与苍凉？寻觅……远的远方，有泪在心里，有泪在路上。那个春天，那片海，那匹老马和四个姑娘，这个夏天还好吗？

还有的这样表达：诗人是有力量的，他们给夜里点亮了一些星光。他们让一些平凡变得不再平凡，让美好变得更加美好。

朋友们纷纷发表感言，一帖激起千层浪。

百度一下"海子"，一长串都是关于海子的内容。印象极深的，是诗评人姜冰的评论：思想的力量往往是在思想者本人远去很长一段时间后，才会被这个反应迟钝的世界所感知。抑郁而亡的孔子是这样，受难命终的耶稣也是这样。可诗人海子在卧轨自杀后的短短几年内，就已经给予了世人心底最猛烈的撞击。他诗歌中沁人心脾的原始气息，像是闪着熠熠金光的束束麦芒，每一次阅读都会刺痛我们干涸已久的瞳孔。

海子写了一首与一座城市有关的诗歌，这座城市也给予了海子最高的奖赏：为纪念这位诗人，德令哈市内建有海子诗歌陈列馆和海子诗歌碑林。

转眼间快一个小时过去了，车前方出现了"德令哈西"收费站，不用我提醒，朝晖又拍了张照发给我。

看来，我们要驶出德令哈地界了。

对于德令哈这座城市，我没有来得及过多关心它的历史与现在，它的人口与面积……我只关心了海子和他的那首诗……

后记：我路过德令哈没过几天，一位北京的朋友就来到了德令哈市，他给我发来了不少海子诗歌陈列馆和海子诗歌碑林的照片。他介绍说："德令哈市的老百姓都知道诗人海子，德令哈是个很美的城市，值得看一看！"

年轻的军旅作家王昆，是我的战友，他认识海子的弟弟查曙明，他帮我加了查曙明老师的微信——查老师专门从事海子诗歌精神研究和传播推广。据查老师介绍，德令哈市每两年举办一次以朗诵和演唱海子诗歌为主要内容的纪念活动。

通过查老师及他的微信朋友圈，定会了解更多关于海子及德令哈市的老故事和不断发生的诗歌新故事。

就在昨天，查老师在微信中告诉我：海子那首《日记》，是他在1988年7月25日，乘火车经过德令哈时而作。

海子，虽然只是路过，这座城市却永久地收留了他，他已然成为这座城市靓丽的风景和名片。

夜宿大柴旦

7月10日傍晚，我们到达塞外小镇——大柴旦镇。

大柴旦镇，是海西蒙古族藏族自治州大柴旦行政委员会辖镇，大柴旦行政委员会驻地。"大柴旦"，蒙古语称伊克柴达木，意为大盐湖。大柴旦镇东距海西州政府所在地德令哈市二百公里，西北距甘肃敦煌市三百二十公里，是柴达木盆地的北大门。1956年，大柴旦为柴达木工作委员会、柴达木行政委员会驻地；1958年，海西州委州政府迁至大柴旦；1959年，设大柴旦市，曾经繁极一时。1964年，撤市设镇。1992年，撤镇设行委。1993年，又恢复为大柴旦镇。

按照旅行社的安排，我们先入住镇里的梦之旅酒店，安顿好了便出去溜达。

大柴旦镇和我没来之前头脑中预想的不大一样，想象中它应该是一个民族风情浓郁，带点儿塞外荒蛮野性又有故事的小镇。而今晚所见，和内地的小城也没多大区别，笔直宽敞的街路，悠闲散步的行人。街上行人不多，疏疏落落地给人一种难得的闲适感。路两旁是以杨柳为主的绿化树，略显单调。楼房普遍是三层或四层，无更高的楼了。这或许是高海拔地区的特色？

美餐了一顿干净纯正的回族羊肉火锅，我们重新回到入住的酒店。

我的房间在一楼，正对服务台，陆续入住的游客，吵吵嚷嚷，聒噪不休。我预感到今晚肯定休息不好。

良好的开端，是成功的开始；不好的开端，有时定是不幸的先兆。自己越是想入睡，就越被门外不时传来的声响干扰……这种对抗，最终把我带入可怕的高原反应——完全是2015年秋，我和爱人去香格里拉那个夜晚的重演：头昏，特别是太阳穴胀痛。辗转至夜深，盼着人静。谁知那时而响起的脚步声和说话声，反而越嘈杂越有穿透力了。我的头痛愈演愈烈。我忽然理解了唐僧念诵紧箍咒时，悟空的痛苦，应该与我无二吧。我一夜没能入睡。

我的心绪无助且低落。已经经历过两次同样的高原反应，特别是今晚的大柴旦，海拔才三千多米，似乎就在无情地宣判我的身体今后不适应高原了？我跃跃欲试的西藏梦，今夜遭遇了严峻的挑战！

我甚至担心，此次西北之旅后面的行程自己还能否坚持得住？还有没有海拔更高的地方，我不得而知。我的思绪在高原反应中，仿佛在缓缓坠落进万丈深渊，无比痛苦不能自拔……

我联想到几位在藏区工作过两年以上的好友：绿山散人、昆弟、银行管理人，前两位还是主动要求到藏区工作的。他们经历过高原反应吗？肯定经历过的！也许比我今晚更痛苦的熬煎，他们不知经历了多少……由此，我又想到了驻守在那里的高原军人。他们在含氧量不足平原一半的高原，生存已然不易，开山筑路、爬冰卧雪、极地执勤更是家常便饭，无怨无悔坚守在祖国最前线，立身为旗，筑起坚固的屏障。岁月如此静好，只因有人替我们负重前行。当我们尽享和平安宁时，总有一些人，当灾难来临时，逆着撤退的人流，反向冲锋；也总有一些人，逆着被各种利益和诱惑裹挟的人流，坚守在信仰的雪山之巅，岿然不动，他们才是最可爱最可敬的人！

今夜，我以无眠而痛苦的状态，领悟了友人对藏区特殊神圣的爱，以及由这种特殊神圣的爱，生发出的、他们身上常人难以企及的意志品质。

今夜，无眠的我，一直在内心深处为友人、也为许许多多我不认识的援藏人点赞。

香格里拉高原反应的经验提醒我，不能纠结于睡眠、烦闷在床上。我早早起床，室内室外走一走，症状果然消除了。

后面的旅行，我时常在内心里问自己，下步，还去不去西藏了？我内心的回答是：去！

痛过才会爱的真切。高原是为有一点儿高原反应的人准备的。

有高原反应的人才更能读懂高原。

南八仙——有故事的风景

离开大柴旦，下一站是南八仙。汽车在公路上飞快地行驶着，沿途景色次第打开，我的心情也逐渐高昂起来。但见那天空上大片大片低垂的云朵，从车顶急掠而过；一望无际的茫茫戈壁，顺着车窗飞快地退去。仿佛孙大圣总也跳不出如来佛的掌心，我们的车尽管飞驰已久，周遭景色却看不出变化。直到进入南八仙雅丹地貌群，漫漫戈壁滩，才终于被天幕中出现的奇形怪状、大小不一、高低错落的山林群取代。这就是著名的南八仙雅丹自然雕塑群，由土和沙形成。

南八仙，地处青藏高原柴达木盆地北端。是由一列列断断续续延伸的条形土墩，与凹地沟槽间隔分布的地貌组合，被地质学家称为雅丹地貌。"雅丹"，本是维吾尔语"风化土堆群"的意思。柴达木的雅丹地貌，是七千五百万年前第三纪晚期和第四纪早期的湖泊沉积物，由于地质运动抬高，而脱离水体，其间的盐和沙凝结地壳，被西风侵蚀雕塑而成。它们广布于柴达木西北部，面积达千余平方公里。奇特怪诞的地貌、飘忽不定的狂风，再加上当地岩石富含铁质，地磁强大，常使罗盘失灵，导致无法辨别方向而迷路，被世人视为魔鬼城、迷魂阵。

我们来到景区，近处是奇异的雅丹地貌，远处是起伏的祁连山脉。远望雪峰，白云环绕，层次分明，于蓝天白云下散发着静谧的光芒，好一幅唯美的画面，令人不由得感叹大自然造物的神奇。

南八仙的名字，源自一个悲壮的英雄故事。

曾经无人涉足的寂寞戈壁，直到 1955 年才被地质队员坚毅的脚步唤醒。有八位南方来的女地质队员，为寻找石油资源进入这里，挥洒着青春汗水。一次，她们在迷宫般的风蚀残丘中跋涉测量。返回途中，铺天盖地的黄沙遮蔽了荒漠。她们在这片被称作"魔鬼城"的地形中迷失了方向，仅有的标志也被掩埋，干渴饥饿向她们袭来……

第三天，当搜救的队员发现她们时，她们已经永远长眠在这亘古的荒原。为纪念这八位勇敢的女地质队员，在她们牺牲的地方被称作——南八仙。

宋老为她们的事迹深深打动,赋诗一首:

八具身躯捐此地,一腔热血为国倾。
如今游客观奇貌,谁记巾帼献妙龄。

我也不知如何表达对她们的崇敬,只是觉得这里应该为她们树立一块纪念碑。

悲壮的故事、无形的精神,比有形的山丘,更值得留恋。

拯 救

7月11日下午的鸣沙山月牙泉景区游人如织。我们请了一位年轻的帅哥导游,在讲解与问答之间,鸣沙山月牙泉变得不再陌生:

鸣沙山月牙泉,位于敦煌城南五公里,沙泉共处,沙水共生,沙环抱着泉,泉依偎着沙,犹如戈壁沙漠中的一对孪生兄妹或恋人。古往今来,以"沙漠奇观"著称于世……

鸣沙山,又称神沙山、沙角山。它东枕莫高窟崖顶,西至睡佛山下的党河口,东西绵延四十公里,南北宽二十公里,主峰海拔一千七百一十五米,宛如两条沙臂,张伸围护着鸣沙山麓的月牙泉。沙山由红、黄、绿、白、黑五色,像米粒一样的沙粒堆积而成,故称五色沙。沙山沙峰起伏蜿蜒,山脊如刃,远看像一条昂然欲飞的巨龙,近看则似雄伟壮丽的埃及金字塔。高空俯视,它与月牙泉形成了太极八卦图,被称为中国最美的五大沙漠之一。

人从山顶下滑，沙随足颓落，会发出美妙的声音。在晴朗的天气，即使风停沙静，也会发出丝丝管弦之音，正所谓"水有悬泉之神，山有鸣沙之异"。鸣沙山因此得名。

月牙泉位于鸣沙山北麓，东西长约二百二十八米，南北宽约四十六米，处于鸣沙山的怀抱之中，是党河古河道改道后，地下潜流在此露出而形成，因其状似一弯新月而得名。泉被鸣沙山四面环抱，但不为流沙所掩，始终碧波荡漾，清澈见底，久雨不溢，久旱不涸，宛如一颗晶莹闪光的翡翠，镶嵌在沙山深谷之中。据说泉内产铁背鱼、七星鱼，人食之可以长寿，故当地又称月牙泉为"药泉"。泉南岸有月泉阁、听雷轩、墨池云、山得水趣等汉唐风格建筑，相映成趣。

据考证，月牙泉四面沙山高耸，山坳随着泉的形状，也呈月牙形。吹进这种环山洼地里的风，由于空气力学原理，会向上旋。于是月牙泉周围山下塌下来的沙子，又被卷回四面的鸣沙山脊上。但遇烈风而泉不被流沙掩埋，虽处千古戈壁而不干涸，"瀚海明月共潮生，万沙山中一明珠"。月牙泉也因此被称为"天下沙漠第一泉"。

在导游的引领下，在戈壁特有的光线里，我们跌进亮晶晶、明晃晃的沙海了。我们踏沙而行，厚重的脚步感受着扑面而来的浩荡力量。一长队骆驼，驮着游人挺进沙山，驼铃清脆，悠远绵长；那边沙漠摩托在沙山间飞驰，昂扬的人们，在速度与激情中上演大漠狂欢；还有在半山腰上滑沙的，飞沙而下时，那又是一种奇妙的、飞翔的感觉了。

步入月牙泉景区，一湾碧水渐入眼帘。如果说青海湖是青海之眼,那月牙泉应该是这片茫茫沙海中的一滴眼泪吧。都说沙与水势不两立,可是在这里,自然这位能工巧匠却创造了奇迹,让光秃秃的沙漠出现一泓清泉。泉如残月,碧绿清透,气定神闲地泛着细波。让人在激动之余,感叹造物主的神奇。

或许是被这奇观折服,也或许是被月牙泉感染,找到了心灵的归宿,我发现月牙泉边的游人,大都一改刚入景区时的兴奋,个个放慢脚步。月牙泉却静默不语,这片福泽之水,这片不息之水,傲视大漠长河、孤烟落日。你来也罢,不来也罢,你欢喜也罢,寂寥也罢。万千时空、人事浮沉,于它,不过是揽影自照的一瞬……

游人们纷纷把镜头对准了月牙泉,变换不同角度一顿拍。在这里,主角永远只有一个,以至于月牙泉旁边雷音寺的塔楼都成了为月牙泉拍照的场所。

雷音寺里关于月牙泉的展厅,让我印象极为深刻。那里有《鸣沙山月牙泉简介》,用"历史的记忆",记录了从上个世纪初开始,有关月牙泉的珍贵照片资料,月牙泉古建筑模型,帮助游人追忆它曾经的辉煌。最令我深思的是"拯救月牙泉"这部分,文字这样记述:"在人所共知的动乱年代,由于对景区资源的过度开发,月牙泉水位急剧下降,最深处不足一米,泉水呈'哑铃型',古刹胜迹,毁于一旦,处于'鱼游釜中'的惨状。水位的急剧下降,严重影响着景区小气候环境,这一千古奇观面临着干涸的厄运,省、市各级领导亲临现场,群策群力,全力挽救沙漠奇观——月牙泉。"还附有当时拯救的照片。

我惊讶于月牙泉居然一直在被拯救。

看着那些散落在月牙泉周边,流连忘返神情陶醉的游人们,我真希望他们在欣赏美景的同时，灵魂深处能涌出一点点对自然的敬意和歉意。千百年来，月牙泉一直静静地禅坐在那里，与世无争，是人类的出现，打破了它的宁静，是人类的过度开发，导致它濒临消失。

此刻，我有一种隐隐的感觉：与其说人类拯救月牙泉，倒不如说是月牙泉用自己的澄澈之眼，在拯救人们日渐干涸、目空一切的眼；用自己博大悲悯的胸怀，拯救人们像沙漠一样变得冷漠无情、重利轻义、躁动不安的心。

且不说人类对一些动植物的灭绝，负有不可推卸的责任，单说那些光辉灿烂的文化遗产和景观，又有多少毁于战争，毁于人类的贪婪与无知中。历史上的阿房宫、圆明园、阿富汗巴米扬大佛、巴西国家博物馆、巴黎圣母院……还有因环境破坏，全球气候变暖，而导致的一些自然景观的慢慢消失。凡此种种，不胜枚举。

动乱和战火让文化自然遗产遭受灾难，在和平年代，它们有时同样难以幸免。我想起不久前拜读的冯骥才的文章《走进漩涡里》，记述了他投身文化遗产保护事业的悲壮曲折历程和发人深省的忧思。

看来，最急需拯救的，也许并不是月牙泉，而是月牙泉这方明镜所映照出的心灵……

敦 煌 遐 思

西北之旅，其他几处风景要么见了就喜欢，直抒胸臆；要么从始至终没能打动自己，也就不想表达什么。唯独敦煌，或许是向它表达的人太多了，谁都能说几句；或许是它太沧桑博大，佛光闪耀，我等区区凡人，怎配与它言说。离开敦煌前后，我专门买了几本有关它的书来研读，搜肠刮肚，想找点儿话题，离开敦煌快一个月了，头脑中竭力梳理，仍然是零零散散……

翻阅那几本书，渐渐了解到尽管敦煌历史上历经战火，几易其主，几易其名，但尊佛凿窟续经的接力工程几乎没有中断。虽然明清时期，敦煌地区受到冷落，但莫高窟一直未曾遭到劫难。直到1907年，英籍匈牙利人斯坦因到访敦煌以后，由于清廷的黑暗、地方政府的麻木，造成了中华文化史触目惊心的悲剧。探寻敦煌的历史，文明之间到底有没有冲突呢？

从公元366年，乐僔和尚在宕泉西岸岩壁上开凿第一个石窟，到唐代达到近千个洞窟。漫长的岁月中，莫高窟虽受到大自然和人为的破坏，目前应保存下来四百九十二个。

作为当代人的使命，只是研究历史、修复过去吗？或许可以将洞窟工程继续建下去，以这样古老的方式体现文明的赓续……新洞窟里应该绘上张大千、常书鸿、董希文、潘絜兹、樊锦诗等这些"保护神"的形象，当然，也应该有斯坦因、伯希和、吉川小一郎、鄂登堡、华尔纳等"盗宝者"的身影……

世界上应该有一座破坏、抢劫、盗骗文化遗产博物馆。通过先进的科技手段，让圆明园重新苏醒，让巴米扬大佛重新站立……让世人知道每一件珍贵文物的老家，让世人知道貌似文明背后的野蛮。他们是怎样以绅士的礼仪歧视、杀戮,怎样以救世主的身份交易、布施,怎样以鉴赏家的姿态抢夺、盗骗……

这座博物馆可以选择建在敦煌,因为这里曾经是盗骗者的天堂。

莫高窟的主题是佛,佛光普照,慈悲喜舍,佛心普渡的是众生,关照的是世界。

莫高窟一尊尊佛像微微含笑的表情,在普渡着众生,也仿佛在嘲笑着不能开悟的人们,还有那些曾在洞窟里蹿来蹿去的狂妄之徒、鼠盗之辈……

所有的一切都逃不出佛的法眼。

纵然你砸坏了佛身,盗走了佛的塑像和经文,佛依然在那里微笑,佛坚信,终有一天,所有的恶念终会变成善念,所有的过错终会忏悔。

回想起7月12日那天,漂亮的女导游,对莫高窟如数家珍,娓娓道来,九色鹿、飞天、藏经洞、王道士、失传的手艺、阿难与迦叶的神态……她还回答了我"'文革'期间莫高窟为什么没遭到劫难"的疑问。她还向游客们通报了,当天来莫高窟旅游的人数是一万七千多人。

灿烂的佛宫给如今的敦煌带来了多少福报?只有幸福的敦煌人感受最深。

又何止是敦煌人呢?对于每一位像我们一样曾来过这里或未来将要来这里的游客,至少会更加懂得,中华文明的灿烂悠久,作为文明载体的文物的宝贵……至少会变得更加善良一些。

西出阳关情暖人

提起阳关，总是充满着诗情画意，想象中的那种苍凉旷远，神秘且令人神往。

因11日下午提前看了鸣沙山月牙泉，今天便富余出半天时间。朝晖提出可以加个内容，去看看阳关。

网上一搜，离敦煌市才七十公里，共同的向往，没有不去的道理。

午餐找了一家快餐店简单充饥，朝晖网约的快车很快到位，我们仨便坐上潘师傅的出租车去往阳关。

车上，潘师傅为我们提前准备好了矿泉水、金麦郎凉白开，还有地产西瓜。一路上，潘师傅向我们介绍敦煌周边的风景名胜，他说玉门关离市内也不远，可惜我们挤不出时间了。

在阳关景区，我们先随导游参观了阳关博物馆。阳关始建于公元前1世纪汉武帝时期，它凭水为隘，据川当险，与玉门关南北呼应，都是丝绸之路的重要关隘。是丝绸之路上敦煌段的主要军事重地和途经驿站、是通西域和连欧亚的重要门户、出敦煌后必须走的两个关口之一。在宝石东来、丝绸西去的年代里，阳关，为东西方经济文化交流发挥过重要作用，所以"阳关大道"被喻为康庄光明之路。人们又常于此为西行者送行，唐代大诗人王维以一首《渭城曲》的千古送别绝唱，更使阳关名扬天下。

我们登上墩墩山上被称为"阳关耳目"的汉代烽燧遗址旁，登高远眺，浩瀚戈壁、苍茫大漠的宏阔壮丽景色，尽收眼底，令人思接千古，浮想联翩……

在坐潘师傅的车返回敦煌市的途中，他主动拉我们顺路看了看附近的阳关镇。这个镇发展葡萄产业形成了规模，成了敦煌地区有名的葡萄之乡。来到镇里，仿佛进入了一个硕大的葡萄园，镇里街路整洁，一座座平房，独门独院很像样，猜得出主人们的富庶生活。潘师傅介绍说，镇里几乎家家有车，大都在敦煌市里买了楼房，农忙时在镇上住，忙完了住市里，享受城里人的生活。潘师傅还开车带我们到了阳关附近的敦煌影视城。这个影视城是1987年为中日合拍大型历史故事片《敦煌》时所建。这里曾拍摄过《封神演义》《神探狄仁杰》《射天狼》《新龙门客栈》《天降雄师》《东邪西毒》等多部影视剧。潘师傅还自豪地说，他曾在陈凯歌执导的电影《我和我的祖国》中，担任过群众演员，一天挣一百四十块钱。

那天（7月12日）正好是入伏，宋老提议：咱们该吃顿饺子。便让潘师傅推荐一处吃饺子的地方。潘师傅说，他们司机常去一家飞天饺子馆，口味不错。征得我们同意，他便直接拉我们到了飞天饺子馆。

饺子馆空间不大，两排桌凳，一桌四位，一共也就十桌左右。女老板热情地接待我们几位远方来客。我们点了羊肉韭菜、羊肉香菇、大肉白菜三种馅儿的饺子各半斤。女老板带着几位服务员亲自为我们包饺子，我们点的馅儿种类多，无形中增加了她们的工作量，几个人在操作间里紧忙活，虽然上饺子稍慢了点儿，等大家一品尝，赞不绝口："好吃！味儿挺地道！"

最后盘中一个不剩的战果，足以证明饺子的好吃程度。

回到宾馆换房卡时，朝晖发现自己的身份证不见了。他赶紧给潘师傅打电话，麻烦他在车上找找看。朝晖和导游老李又赶到饺子馆，女老板说刚才那位出租车司机已来过这了，也没找到。朝晖给潘师傅打电话谢谢他，潘师傅建议朝晖和景区联系一下，或许丢在景区里了。

在阳关、在敦煌发生的事，让我在关注风景的同时，开始更多地关注这一方百姓，体味这一方的民风。

第二天一早，我们离开敦煌去嘉峪关，中午在嘉峪关市找到了一家金张掖面馆。也是一位女老板，四十多岁，口音很重，热情淳朴。我们提出要大碗的卤肉拉面，女老板说一人一小碗保证让你们吃饱。我们听从她的建议，结果吃得既饱又香。她说她是张掖人，还向我们介绍了张掖的特色饮食。

旅行的终点还是西宁。当晚，我们选了一家侯记京味涮羊肉。刚落座，朝晖说自己有些牙疼，下楼买药，他问大堂经理附近有药店吗？年轻的大堂经理带他走出大厅，沿马路走了一段，他指着斜对面的红字招牌，"看见了吗？那就是药店……"

朝晖买药回来，药还没吃，似乎随着好心情，牙疼已减轻了许多。

大家涮起一嘟噜、一嘟噜纯正的西北草原羊肉，"真纯美啊，味道就是不一样！"

在西宁住了一晚。中午12点24分的飞机，将飞回长春。

我想去趟书店。和滴滴车司机说好，先拉我们到书店，然后去机场。西宁市新华书店附近没有停车场，我和朝晖下车去书店，我买了三本书、两张地图。再上车时得知，司机为了等我俩，轧了红线,被罚二百元,扣了三分。他嘴里说了说,并没有埋怨我们。

朝晖是用在机场临时办理的身份证通过安检的。在候机厅里他待着没事,想起了潘师傅嘱咐的话,便抱着试一试的想法,搜到了阳关景区办公室电话。

打通电话,说明情况,那边给了他阳关博物馆吴馆长的电话。他接着给吴馆长打电话,吴馆长说:"前两天还真捡到一个身份证,咱俩加个微信,把您的身份证信息发来!"

一发,吴馆长说:"是您的!当天司机殷师傅捡到了身份证,就发到阳关景区全体员工的群里了,我给您寄过去吧!"

朝晖请吴馆长转达对殷师傅深深的谢意,给吴馆长发了一百元邮寄费,吴馆长没收,她说,可以收件时异地交费。朝晖说,那好,那我就这边付吧!谢谢您!

就这样,我们心中装着满满的大美西北风景和淳朴的西部风情,登上了飞机,告别了西宁,结束了我人生首次的西北之旅。

坐在飞机上,一时思潮起伏……

这正是:

孤烟冷月漠牵魂,塞外心驰圆梦真。
劝君多往边陲走,西出阳关情暖人。